Lust & Erkenntnis

Lektorat: Gordana Mijuk
Satz: Nuts + Bolts
Druck: PrintHeaven

ISBN 3-9521132-0-4

Für A., B. und weiter bis Z.

Laurenz Hüsler

Lust
&
Erkenntnis

Satirische Geschichten
Band 1

Melusine

Inhalt

Wahre Literatur

Da glaubte ich, ich kenne einen echten Schriftsteller, einen, der diese Bezeichnung verdient, so wie ich mir das vorstelle. Einen, der meiner Bewunderung wert ist. Einen, für den ich mich einsetzen könnte. Selbstlos.

„Da, lies mal was Rechtes“, sagte ich dann, und mit großzügiger Geste würde ich ein Taschenbuch, signiert natürlich, auf den Schreibtisch eines Arbeitskollegen werfen. Ein Wink mit dem Kinn, und der Kollege würde das Buch aufschlagen und sofort in Lesetrance versinken, die ihn alles andere vergessen ließe, sogar den heftigen Druck auf der Blase. Erst nach Stunden legte der Arbeitskollege den Roman zur Seite, murmelte erschüttert etwas wie „Ich bin sprachlos“, und versuchte dann stammelnd, sein Leseerlebnis in Worte zu fassen. Leise, diskret, würde ich ihm helfen auszudrücken, was ich selber schon immer über diesen Autor gedacht habe. „Nach diesem Buch“, sagte ich mit beherrschter Stimme, „habe ich den Faust genommen und in den Kamin geworfen.“ Unter der Last dieser Erkenntnis würde der Kollege zustimmen und gleich nach seinem Goethe suchen wollen, aber ich würde ihn sanft an den Schultern auf den Schreibtischstuhl niederdrücken, denn ich wüßte, daß er noch zu schwach wäre, um aufzustehen und mehr als drei Schritte zu gehen. Dann würde sich der Kollege bedanken, daß ich ihn mit dieser Literatur bekannt gemacht hätte. Und er sähe mich von unten herauf an, voller Ehrfurcht ob der Einsicht, daß ich solche Schriftsteller zu meinem Bekanntenkreis - nein, Freundeskreis - zählte.

„Na, ja“, könnte ich bescheiden abwinken, „er ist ein Mensch wie du und ich, er hält sich für nichts Besonderes. Allerdings - er hätte seine Begabung gar nicht richtig entdeckt, wenn nicht *ich* ihn ständig ermuntert und sachte geführt hätte.“ Ich würde mich mit dem Gesäß an den Schreibtisch des bewundernden Kollegen lehnen und nachdenklich den Blick durch das Fenster in den blauen Himmel hinausschweifen lassen. Dann, nach einem Seufzer, würde ich weiterfahren: „Hätte ich damals nicht eingegriffen, als er noch Unterhaltung schreiben wollte, er wäre untergegangen in der Masse der Schreiberlinge, die bloß von der Masse des Volkes gelesen werden und deren Bücher zu Hunderttausenden in den Supermärkten abgesetzt werden. Hätte ich nicht damals mein Vergnügen an seiner einfachen, aber netten Geschichte unterdrückt, das Lachen heruntergeschluckt, hätte ich ihm nicht ins Gewissen geredet, er wäre heute nicht, was er ist. Womöglich prügelten sich heute Stern und Quick um die Erstabdrucksrechte, bei jedem neuen Roman. Zum Glück konnte ich das verhindern. Sonst müßte ich mich schämen, ihn zu kennen.“ Ein kurzer Blick zum Gesprächspartner würde bestätigen, daß er weiterhin mit offenem Mund zuhörte.

„Ich habe ihm damals gesagt, daran kann ich mich erinnern, wie wenn es gestern gewesen wäre: ‚In dir steckt mehr drin, ich kenne dich gut genug. Du bist zu Höherem geboren als zur Unterhaltung. Gesellschaftskritik, nicht Spannung, das ist es, was ich von dir erwarte, Tiefsinn, nicht Gefühl!‘“

Dann würde ich, immer noch angelehnt an den Schreib-

tisch, das Spielbein vor das Standbein stellen, auf die Spitze des Schuhs, und durchatmen, tief und langsam, damit der Kollege Zeit hätte, meinen Einfluß auf die Weltliteratur zu bedenken.
„Ich kann“, stieße der Kollege hervor und müßte vorher einen Klumpen im Hals herunterschlucken, „ich kann also sagen, daß ich ohne dich gar nicht zu dieser Lektüre gekommen wäre! Mein Gott! Zum Glück hast du mich für wert befunden, aus deiner Hand dieses Buch erhalten und lesen zu dürfen, genauso wie Dutzende, Hunderte anderer Leser ihrem Gott (der Kollege würde sich vorbeugen) danken müssen.“
Bescheiden, fast schon betreten, könnte ich nun den eigenen Wert herunterspielen: „Ach weißt du, jeder andere an meiner Stelle hätte gleich gehandelt, wenn er ein Verantwortungsgefühl für unsere Kultur empfunden hätte. Ich saß einfach zufällig an dieser Stelle und nahm meine Funktion wahr. Schließlich“, würde ich nach kurzem Zögern und dem unterwürfigen Nikken des Gesprächspartners sagen, „schließlich ist es ja im Grunde genommen sogar denkbar, daß er auch auf die Kritik anderer gehört hätte, obwohl ich schon sagen muß, daß er schwer von seiner eigenen Meinung

abzubringen ist. Aber auf mich hört er eben, ich weiß nicht, warum ausgerechnet auf mich. - Außerdem", so könnte ich darauf zu bedenken geben, „ist es ja grundsätzlich, also rein hypothetisch, vorstellbar, daß er selber auf die wahre Literatur gekommen wäre. Wobei ... es braucht halt oft einen äußeren Einfluß, damit sich jemand verändert. Es wäre ja schade gewesen, wenn er nicht gemerkt hätte, daß er Philosophie, Psychologie und Gesellschaftskritik scharfsinnig verknüpfen muß, und jegliche Unterhaltung, Spannung oder banalen Gefühle wie Freude und Trauer vermeiden soll. Stell dir vor, jeder könnte das lesen und sogar verstehen! Jeder! Das kann doch nicht der Sinn der Literatur sein!"

Auf all das freute ich mich, als der Schriftsteller, den ich als lustigen und intelligenten Kerl kannte, und mit dem ich schon so manche Flasche Wein gehöhlt hatte, mir eine Geschichte vorlegte, die in keiner, keinster! Weise den Kriterien des gebildeten und kritischen Lesers entsprach. Und ich hatte meinen Freunden doch schon gesagt, daß ich einen hochbegabten und brillanten Schriftsteller kenne! Daß ich sogar mit ihm auf du und du, ja am nächsten Wochenende bei ihm zum Essen eingeladen sei, im engsten Kreise, nur er und ich, und natürlich seine Frau, die eine ausgezeichnete Köchin ist. Nun würden die mich neugierig fragen, wie das Genie denn schreibe, und ich würde bloß sagen können ‚nette Unterhaltung'. Und dazu steht der sogar! Ich könnte ihn erwürgen!

Lust & Erkenntnis

Lust

Was Erminius so ungemein attraktiv machte und die Frauen reihenweise umfallen ließ, waren seine Ohren. Nicht ihre Form brachte das schöne Geschlecht ins Schwärmen, auch nicht ihre Stellung - sie standen deutlich ab - sondern seine Fähigkeit, mit den Muscheln zu wackeln. Er konnte die Treppe zu seiner geliebten Universität hochsteigen, mit verträumtem Blick über einen tiefen Spruch aus seinen Philosophiebüchern sinnieren und dann, wenn er das Sein des Umgreifenden begriff oder die Transzendenz der Chiffre erfaßte, mit den Ohren zuckeln. Kurz, und gänzlich unbewußt.
Dies brachte jede Frau, welche Zeugin dieser körperlichen Auswirkung tiefster Erkenntnis wurde, augen-

blicklich in rasende Erregung und verzehrte unerträglich heftig und brennend schnell ihre Kräfte. Doch bemerkte Erminius selber die Frauen nicht, welche nach Luft rangen, tief getroffen wankten, sich an den nächsten Laternenpfahl krallten und daran kraftlos zu Boden sanken.

Nein, Erminius sah, wenn er überhaupt etwas von der Außenwelt wahrnahm, bloß am Morgen früh seine Kartoffelnase im Spiegel, den Mund mit den wurstigen Lippen und natürlich seine vom Schlaf zerknitterten Ohren, adrig und groß wie Kohlblätter. Wie oft hatte er in solchen Momenten versucht, die Nase einzuziehen, die Lippen zu spitzen und die Ohren nach hinten zu klappen. In der Verzweiflung ob seines Aussehens hatte er sogar einmal vor dem Hinausgehen eine Skimütze übergestülpt, über den ganzen Kopf bis zum Hals gezogen und war so auf die Straße getreten. Aber nur einmal. Denn kaum war er drei Schritte auf dem Gehsteig gegangen, sprangen Männer in Kampfanzügen aus einem Mannschaftswagen der Antiterroreinheit, warfen Erminius mit vereinten Kräften zu Boden, durchsuchten ihn nach Schußwaffen, Handgranaten und Panzerfäusten und verhafteten

ihn. Er hatte einem weltweit gesuchten Phantombild täuschend ähnlich gesehen, und erst die heftige Intervention seines Professors überzeugte die Behörden von seiner Harmlosigkeit.
Tief erschüttert suchte er in der Folge den Trost noch beharrlicher als bisher in den Büchern der Philosophie. Wo er hinging, wo er sich setzte, immer trug er ein Buch der Philosophie bei sich und las.

So saß er eines Tages in einem Café namens 'Westend' vor einer Tasse Tee mit Assugrin, legte sein neuerstandenes Buch auf den Tisch, lehnte es schräg an den Aschenbecher, schlug die Seiten dieses Bandes *Von der Wahrheit* des Herrn Jaspers auf und studierte das systematische und detaillierte Inhaltsverzeichnis. Zärtlich streichelten seine braunen Augen die Zeilen, glitten schon zum Verzeichnis des zweiten Teiles, der da vom *Umgreifenden des Erkennens* handelt, schlichen hinein zum ersten Kapitel über *das Bewußtsein überhaupt und seine Grundspaltungen*, wanden sich in die erste Abteilung über das *umgreifende Gegenstandsein*, trippelten darin von a) über b) zu c) und dort hinein in Punkt 1, robbten durch die darunter-

gelegenen Paragraphen, sprangen am Ende fröhlich wieder eine Ebene höher zu Punkt 2, überkletterten diese Hürde, um sogleich in die nächsten Untertitel hineinzutauchen und lasen *das Gleichnis der Form-Material-Beziehung*. Sie hielten einen Moment inne, damit seine ergriffene Seele Zeit fand, in ihrem Innersten deutlich Ja! zu fühlen und dies dem Verstand mitzuteilen. Dieser seinerseits wurde vom Einprall der Erkenntnis derart geschüttelt, daß die Ohren wippten (und dies bereits beim Inhaltsverzeichnis!), als eine Bewegung am Nebentisch die Retina seines Auges erreichte, das Signal des Inhaltsverzeichnisses übertünchte und gleichzeitig die Wellen einer sanften Stimme an sein Trommelfell klopften und den Widerhall der eben eingeschwungenen Erkenntnis zerschlugen.
Sie lese auch gerne Hesse, sagte die Frau im schwarzen Ledermini unüberhörbar in seine Richtung.
„Es ist über die Wahrheit“, versuchte er sie zurechtzuweisen und errötete dabei, während sie wie geistesabwesend die Hand auf den Hals über ihrem roten T-Shirt legte.
Sie hätte auch den Siddharta gelesen, sagte sie unbeirrt und rückte auf der lederüberzogenen Bank, welche

ihre beiden Orte verband, zwei Fingerbreit näher. Erminius kam nicht auf die Idee, der Frau ein paar Fremdwörter hinzuschmeicheln und so ein Gespräch zu ermöglichen, wie sie es sich wünschte. Er sah nur ihren Blick, der immer wieder auf seine Ohren glitt, so versteckt und doch so gezwungen wie die Augen eines Mannes, der zu verbergen sucht, was ihn wirklich fasziniert.

Nein, antwortete er einsilbig, das habe mit Siddharta nichts gemein. Er war überzeugt, daß sie nachher mit ihren Freunden über seine verunstalteten Ohren kichern ginge, ja, daß sie sich nur zum Zwecke der Belustigung neben ihn, den tumben Jüngling, gesetzt hatte.

Das sei doch interessant, sagte sie und sah ihn treuherzig an. Die Dauerwelle fiel sanft über den rosa Hals in den wohlig duftenden Ausschnitt. Einen Augenblick lang ließ sie sich ablenken von ihrem Pudelchen, das unter dem Tisch gelegen hatte und sich jetzt, da ihre Füße fast seine Nase berührten, murrend bewegte.

Tief hinten in seinem Wissensschatz von dieser Welt tauchte der Gedanke auf, daß sich die Frau nicht zur Belustigung und nicht der Philosophie wegen an ihn gewandt haben könnte. Eine wohlige Empfindung beulte in seinem Herzen auf und wollte sich ausdehnen, um die ganze Brust zu erfüllen, wurde aber gleich wieder vom harten Daumen des klaren Verstandes eingedrückt. Nein, die Frau konnte nicht ihn, Erminius, gemeint haben. Frauen lassen sich betören von jugendlicher Schönheit, von prallen Säcken voller Gold, vom Ruf des Verführers, der sanfte Worte in die Ohren träufelt, von der strahlenden Kraft des starken Mannes, aber nicht von Kartoffelnasen. Frauen wollen Männer mit Muskeln wie Keulen, Männer mit einem Baß von der Kehle bis zum Darm, Männer von der Stärke der Elefanten, die sie in der freien Wildbahn schießen. Er klappte hastig den Jaspers und die Wahrheit zu, legte das Geld für die Bedienung auf den Tisch und floh.

In seiner kleinen Einzimmerwohnung angekommen, beschloß er, weiterhin die Glückseligkeit alleine zu suchen, im Geist, nicht im Körper. So las er sich bei einem altgedienten Autor ein und vergaß darüber sein Abendbrot. Das betrachtende Leben nach Aristoteles. Die geistige Glückseligkeit, begriff er, kann nur erreichen, wer seine animalischen Züge ablegt, in höhere Sphären entrückt und sein Leben der Vernunft unterordnet. Doch dann stieß er auf die Stelle, wo Aristoteles kategorisch erklärt, daß der Häßliche die Glückseligkeit nicht erreichen könne, weil er ja seiner Häßlichkeit wegen ständig unglücklich sei. Entrüstet preßte er seine Lippen zusammen und spannte die Nasenflügel.

Das Telefon klingelte.

„Erminius?" säuselte die Stimme im Hörer lockend, „hier ist Marlene." Sie wolle mit ihm essen gehen, erklärte sie, dringend, als Entschuldigung dafür, daß sie ihn in seinen tiefen Gedankenbahnen gestört habe. Er könne das nicht abschlagen, lockte ihr Wohlklang durch das Telephon, er sei ganz anders, so viel eindrücklicher als die Männer, die sich aufführten, als ob sie dem Teufel das Fürchten beibringen wollten, die Männer, welche ernsthaft glaubten, daß ihnen der Teufel auf die Schulter klopfe, damit er gut mit ihnen stehe. Er sei so viel inspirierender als jene Männer, welche sich rühmten, daß sie, wenn sie das Schicksal in den Himmel verschlüge, cool die Harfe mit den Stahlseiten verlangen würden. Nein, sie brauche Erminius, den verständigen Mann, den einfühlsamen, und

wolle den ganzen Abend mit ihm nur über das Glasperlenspiel reden.
Erminius hielt Aristoteles in der Hand, holte langsam den hinuntergeklappten Kiefer herauf und sagte zu.
„Ja“, brummte er mit möglichst tiefem Baß in den Hörer und notierte die Adresse des griechischen Restaurants, welches sie vorschlug - weil er doch so ein Philosoph sei, fügte sie listig kichernd an, bevor sie auflegte.
Erminius warf Aristoteles in die Ecke und stürmte hinaus zu den Kleidergeschäften.
In der Stunde bis zu ihrem Treffen stattete er sich unter der Anleitung von einfühlsamen Verkäufern völlig neu aus. Die Hose von *WitBoy*, die Sonnenbrille von *Giorgio Armani,* das Hemd von *Einhorn*, die Unterhose von *Skiny*, denn cooles Outfit beginnt bei der Unterwäsche. Die Schuhe von *Timberland* und die Lederjacke von *Harvest*, eine Charakterjacke für Charakterköpfe. Nur kurz schwankte er zwischen *Swatch* und *Ebel* und entschied sich dann für die Uhr mit Gewicht. Leider fehlte ihm die Zeit, den intellektuellen Dreitagebart wachsen zu lassen, aber das kompensierte er auf den Rat des Verkäufers mit einem Schuß Parfum

namens *Egoïste*. Beim Ankleiden übte er schließlich den richtigen Blick im Spiegel. Denn dies mußte gewesen sein, was die Frau beeindruckt hatte, dies mußte sie so wild nach ihm gemacht haben - zusammen mit seinem tief gegründeten philosophischen Wissen.
Als gepflegter Mann würde er vor Marlene treten. Als Mann, der gewohnt war, einer Frau mit einem Blick zu sagen, was Worte überflüssig machte. Nichts von Verträumtheit. Weltmännisch, elegant, gepflegt, mit sanfter Melancholie im Blick. Und Zigaretten sollte er noch kaufen. *Samson*.

Sie zog die Augenbrauen hoch, als er sie an der Ecke vor der Taverne ansprach, sagte aber nichts zu seinem neuen Outfit, sondern lächelte und streckte den Schwanenhals, damit er ihr das Küßchen entbiete. Die neue Ausrüstung wirkte also, schloß Erminius mit der Kraft seiner hochgezüchteten Logik.
In seiner Freude bestellte er eine Tsatsiki zur Vorspeise, die Paste aus Joghurt und Knoblauch, zusammen mit dem hors d'oeuvre aus grüner Melanzane, rosa Fischrogen, von welchem sie vorsichtig versuchte, und mit kleinen Fleischbällchen, Schafskäse, Oliven und na-

türlich mit Ouzo. Nicht mit Retsina, wie das ahnungslose Griechenlandtouristen lernen. Ein Bein übers andere geschlagen, erklärte er der lauschenden Marlene, daß der Kenner der griechischen Häppchen, der echte Genießer der Pikilia, nicht einfach am Tisch sitze und die Pasten in sich hineindrücke wie Grießbrei, sondern diesen Augenblick zur Feier des nonchalanten Lebensgenusses erhebe, leicht vom Tisch abgewandt das Essen gewissermaßen als Begleiterscheinung zum Sein betrachte und als die Würze des philosophischen Gespräches, und daß die Häppchen nur das Dasein strukturierten, so wie die Kommas, Gedankenstriche und Punkte einem wohlgesetzten Satz die Form in der Zeit geben.

Während er diese Weisheiten aus einem schnell noch überflogenen Buch über griechisches Essen von sich gab, dabei die Tsatsiki vollständig zum Verschwinden brachte, nicht ohne zwischendurch der Kellnerin erklärt zu haben, daß darin zu wenig Knoblauch sei, worauf diese Nachschub brachte und er auch diese zweite, scharfe und fachgerechte Version wegputzte, glitt Marlenes Hand vom Tisch auf das Rückenpolster und von dort auf seinen Kopf, wo sie, gewissermaßen unabhängig von ihrem Willen, seine dünnen blonden Haare streichelte, die Strähnen teilte und die Härchen durcheinanderknotete und anschließend seine Ohren zärtlich zwischen Daumen und Zeigefinger knetete. All dies realisierte er indessen kaum und es geschah ja auch so diskret, daß es zufällig sein konnte. Außerdem sah er ständig und in nächster Nähe die durch Strümpfe betonten, schönen Beine, welche dem Ledermini entsproßen, über die seidenglänzenden Knie hinabglitten und in neckische kleine Cowboystiefel mündeten, und er verlor ob diesem Naturereignis immer wieder den Faden seiner wohlgestrickten kulinarischen Lebensbetrachtungen. Als dann die Hauptspeise eintraf - was eigentlich der strengen Art, Pikilia zu essen, aus philosophischen Gründen widerspricht - setzten sie sich brav und aufrecht nebeneinander. Die Mussaka war ausgezeichnet und so groß wie ein Ziegelstein. Da sie sicher ebenso schwer auf dem Magen liegen würde, bestellte Erminius nochmals eine Portion Tsatsiki, was von der Bedienung erstaunt aufgenommen und schnell ausgeführt wurde.

Marlene hauchte, wie stark sein Geist ihr erscheine, daß man den furchtlos denkenden Mann spüre und erzählte von ihrer Angst vor dunklen Orten. Solche Orte schüchterten ihn sicher nicht ein, würden ihn bestimmt anregen, denn dort könne er gewiß besser denken. Sie hingegen, wenn sie aus gewesen sei und nachts allein nach Hause komme, renne in der Tiefgarage mit Herzklopfen zum Aufgang, immer auf der Flucht vor ihrem eigenen Ich und auf der Suche nach einem starken Du. Früher mußte ihr Mann noch in der Tiefgarage auf sie warten, erklärte sie, aber jetzt habe sie das überwunden.

Ihr Mann? fragte er.

Ja, erklärte sie und fügte schnell hinzu, sie habe keinen mehr. Dann bemerkte sie, daß auch bei ihr der Ouzo wirkte, und sie entschuldigte sich für ihr Gerede. Worauf Erminius sagte, daß er ihr gerne zuhöre.

Gegen Ende des Essens wurde sie merkwürdig still. Sicher erwartete sie jetzt seinen nächsten Schritt. Er bezahlte also, und sie wagten sich gemeinsam in die kühle Oktobernacht hinaus. Er versprach kühn, sie nach Hause zu fahren, doch es stellte sich heraus, daß sie kaum drei Straßen weiter wohnte. So spazierten sie einträchtig durch die mondlose Sternennacht. Die seltsam leeren Straßen und ihre Gegenwart beschwing-

ten seinen Geist, aber merkwürdigerweise schien sie nur zu lächeln, wenn er schwieg, warf, wenn sie unter den Ampeln vorbeigingen, einen zärtlichschimmernden Blick auf seine Ohren und bog sich jedesmal, wenn er ansetzte zu reden, zurück wie eine frisch gepflanzte Pinie im Windstoß. Bei ihrem Haus angekommen, legte sie den Finger auf seinen Mund.
Die Stunde der Wahrheit. Er glaubte bereits, sie würde ihn stumm und auf den Zehenspitzen durch das Treppenhaus führen, vorbei an den lauernden Nachbarn hinauf in den siebten Stock. Er öffnete erfreut den Mund und schloß träumerisch die Augen, um sich die bevorstehenden Momente auszumalen, doch als er den Mund wieder geschlossen und die Augen geöffnet hatte, war sie verschwunden.
Liebestrunken, wie er war, stellte er sich kaum die Frage nach dem Warum, sondern entwickelte flugs eine felsenfeste Erklärung. *Die tiefste Wahrheit ist wie der flüchtige Blick der Augen*, zitierte er sich Jaspers. Vielleicht war sie bloß scheu? Oder sie hatte keine Lust auf eine schnelle Nacht, wollte etwas Solideres; wollte warten, bis sich aus den ersten Regungen ein festes Band wob. Zärtliche Gefühle erwärmten

ihn und malten das Bild von ihr, die so rein war, daß sie die Zuneigung wachsen ließ, bis zum Moment, in welchem ihre Auren ineinanderflößen und alles natürlich und umso stärker zum Höhepunkt führte. Sie wußte, daß nur Dauer und Vertrautheit die Tiefe der Glückseligkeit entstehen läßt. Sie war eine Frau, welche die alten Werte schätzte und sich daher zurückgezogen hatte. Eine Heilige. Ein Engel.
In diese Überlegungen versunken, fand er zu seiner Wohnung zurück, während die wenigen entgegenkommenden Fußgänger freundlich auf seine weite Aura Rücksicht nahmen und auf die andere Straßenseite wechselten.

Aber am nächsten Tag meldete sie sich nicht und war auch nicht zu erreichen. Auch am folgenden Tag und am nächsten blieb sie unauffindbar. Hatte sie ihn doch genarrt?

Erkenntnis

Als er sich an einem späteren Morgen im Spiegel sah, trat die leuchtende Kraft der Glückseligkeit wieder hinter die Kartoffelnase zurück. Er wandte sich schmerzerfüllt ab, ging ins Wohnzimmer zu seinen Büchern und blätterte im Epikur.

Keine Lust ist an sich ein Übel, las er. *Aber das, was bestimmte Lustempfindungen erzeugt, bringt Beschwerden mit sich.* Erminius seufzte, nickte zum Himmel hinauf und fühlte den Druck auf seiner Seele nachlassen. Dann blätterte er weiter. *Durch die Liebe zur Philosophie wird jede verwirrte und lästige Begierde aufgelöst*. Wie konnte er dies vergessen! Langsam klappte er das Buch zu und drückte es fest an sein Pyjama.

Darauf zog er sich endlich an und trottete nachdenklich zur Arbeit, fest entschlossen, einen leidenschaftlichen Essay zur Verteidigung des Zölibats zu verfassen.

Er fuhr im Lift zum Institut hoch, und mit ihm standen fünf Frauen im engen Kasten, Studentinnen oder Angestellte, die er genauso ignorierte wie sie ihn, die Luft angehalten und scheinbar mit einem innerlich gesummten Lied beschäftigt. Was fällt dir ein, sagten ihre Augen, mit mir im gleichen Lift zu fahren, du Kartoffelgesicht, ich bin für Höheres geboren. Enge Jeans trug die erste, komplettiert durch eine Bluse, auf der sich die Brustwarzen abzeichneten, Shorts hatte die zweite, woraus schwarz bestrumpfte, junge Beine wuchsen. Die anderen in diesem Kasten mit dem großen Spiegel waren ähnlich angezogen, bloß die letzte stand im langen Rock da, schien aber die körperliche Nähe während der langen Sekunden als Vergewaltigung zu verstehen. Sah er in die Wand, dann würden sie sich sagen, er sei verklemmt, richtete er den Blick an ihnen vorbei, dann schössen sie mit Laserstrahlen auf ihn, sah er ihnen ins Gesicht, dann würden sie aggressiv murmeln und über seine Nase spotten.

Es war doch seine Wurzelnase, dachte er, die Lippen. Auch die gewaltigen Ohren überwindet keine Philosophie. Und in diesem Moment von ungezügelter Ehrlichkeit erinnerte er sich an die Tsatsiki. Der Knoblauch! Das übersteht nicht einmal ein Engel. Unwillkürlich fuhr seine Hand zum Mund und er hauchte hinein, zu schnüffeln, aber er roch nichts Unfeines. Dennoch hatte sich die Luft im Lift verändert. *Chanel No 5* gesellte sich zum Geruch seiner Hand, schweres *Ispahan* drängte dazu, nun schob sich *Ecstase* dazwischen, und er sah im Spiegel, daß die Frauen sich ihm zuwandten, heranglitten. Eine kurze Sekunde gab er sich dem Schreck hin, seine Hose sitze falsch, und sie zerrten ihn als Exhibitionisten vor den Rektor. Schon streckte sich eine Hand gierig nach den Ohren, eine zweite folgte, eine dritte piekte ihn in den Hintern. Aber zärtlich, lustvoll, wie er kaum zu erkennen wagte. Er wußte nicht, wie zu reagieren. Gefühle zwischen Freude, Staunen und Erniedrigung kämpften in ihm, und er suchte nach einer Erklärung. Mit einem Mal erinnerte er sich, daß beim Gedanken an den Knoblauch die Ohren gezittert hatten. Die Ohren waren es, und wieder zuckten sie bei der Erkenntnis im Spiegel, wippten leise aus. Die Frauen hielten inne, als ob sie ihre Kräfte sammelten, dann schmiegte sich die verratende Bluse schon zitternd an ihn. Er wollte zurückweichen, doch da standen die Shorts, und es half ihm nichts, daß der Lift oben angekommen war. Schnell hatte der lange Rock den Knopf zum Keller gedrückt, ungedul-

dig auf den Schließer gehackt. Die Türen glitten zu, und der Lift sank hinunter in die tiefsten Schlünde der hehren Stätte.
Bevor er sich wehren konnte, schälten ihn die Furien aus der Jacke von *Harvest*, rissen das Hemd von *Einhorn* weg, zerrten die Jeans von *WitBoy* herunter und zogen, schoben, trugen ihn unten im Keller durch die Türen hinaus und zwischen die Containerreihen, zerrissen die Unterhosen von *Skiny* und warfen die Socken von *Lacoste* hinter ein Gestell. Nur die Uhr von *Ebel* ließen sie ihm.

Er erzählte niemandem davon. Man würde ihm noch weniger glauben als einer Frau. Man würde alles abtun als wilde und böswillige Phantasie eines frustrierten alten Sabberers. Außerdem sahen die Frauen gut aus, waren Universitätsangehörige und damit respektabel. Am Ende würde er als mutwilliger Rufschädiger dastehen.

Aber er hatte im Lift deutlich beobachten können, was geschehen war: Seine Ohren brachten die Frauen in Rage. Er meldete sich eine Woche krank und legte

sich ins Bett, um nachzudenken. Er befühlte seine Ohren. Er beobachtete sich vor dem Spiegel. Er stellte eine Videokamera auf. Am Ende der Woche war wissenschaftlich erwiesen, daß seine Ohren immer wackelten, wenn er eine Erkenntnis hatte, einen Gedankenblitz. Und weil er viel dachte und viel las und das Gelesene oft sogar verstand und auf andere Gedanken beziehen konnte, hatte er tatsächlich alle paar Stunden einmal einen solchen eigenen Gedanken, wie er anhand der Videos nachwies.
Übers Wochenende setzte er sich in Cafés, um seine Theorie zu überprüfen. Bei diesen Versuchen war er aus verständlichen Gründen leicht gespannt, was den freien Fluß von Ideen behinderte, und so brachte er es bloß soweit, daß ihm die Bedienung ungewohnt lange zulächelte, und eine Tischnachbarin nach der Uhrzeit fragte. Er studierte die Videos eine weitere Woche, gab Ferien ein, die er zur Erholung nach der Krankheit brauche, und übte, nachdem er den entscheidenden Bewegungsablauf eingehend analysiert hatte, vor dem Spiegel. Es sollte doch möglich sein, die Ohren auf die entscheidende Art wackeln zu lassen, ohne die geringste Spur eines gescheiten und neuen Einfalles

zu haben. Es gibt genug Leute, die dreinblicken können wie große Denker, den Kopf voll grauer Leere. Er übte also. Und allmählich, als er sich vorzustellen begann, er hätte tatsächlich eine Erleuchtung, zuckten seine Ohren. Wenn er mit dieser neuen Fähigkeit im Café saß, brauchte er beim Bezahlen nur zu wackeln, und die Bedienung vergaß einzuziehen und gab ihm stattdessen verliebt die Hand. Er übte weiter und konnte schließlich, wenn er sich vorstellte, soeben das Rad erfunden zu haben, mit den Ohren einen spürbaren Luftzug bewirken. Nun galt es, diese Fähigkeit zu nutzen. Täglich studierte er die Zeitungen, malte Mind Maps, sammelte Zettelchen mit Ideen. Sollte er sich als Attraktion für Frauenparties anpreisen, wie er das von einem schönen Südländer gelesen hatte? Vor verdunkelten Fenstern bei zehn verschämt kichernden Frauen mit den Ohren wackeln? Die Frauen würden an seinen Hosen herumnesteln, ihn betatschen wie ein Stück Vieh, fragen, ob er auch sonst mit was wackeln könne und am Ende dafür kaum was bezahlen wollen. Er verwarf den Gedanken als kleinbürgerlich. Er brauchte Größeres. In dieser Zeit kam der Anruf einer Sekte, die bisher Prozeß um Prozeß verloren hatte, während böse Leute lügenhafte Bücher über den Zwang in dieser Gemeinschaft veröffentlichten, in geschäftsschädigender Absicht vor der Gemeinschaft warnten und dabei von den Behörden unterstützt wurden. Der nächste Prozeß stand an, und weil die Sekte wußte, daß der Fall von einem weiblichen Richter beurteilt würde, gingen sie Erminius an. Die Summe, die sie nannten, war überwältigend: Eine Neun, hinter der die Nullen rollten wie die Räder eines Pneukranes. Der Haken dieser Neun schlug in seine reine Seele ein und die Nullen kugelten vorbei, bis die ganze Chiffre die Ethik anspannte. Doch er blieb fest.

Verblendung

Er rief einen alten Schulfreund an, den schönen Jakob. Dieser arbeitete in der Werbebranche und nannte sich nun Jack. Nach den üblichen Freundlichkeiten riß sich Erminius zusammen und brachte seinen Vorschlag vor. „Du?" fragte Jack und blieb eine Sekunde sprachlos. Dann prustete er los und lachte fünf Minuten lang

laut heraus. Erminius behielt seine Nerven und schluckte die Beleidigung hinunter. Schließlich konnte er Jack überreden, mit seiner Sekretärin - er nannte sie creative assistant - auf ihn zu warten.
Als Erminius im durchgestylten Büro ankam, über den festen grauen Teppich ging und auf das Zimmer Jacks zuhielt, sah er die Assistentin neben Jack lässig und im vollen Bewußtsein ihrer umwerfenden Hübschheit auf dem Schreibtisch sitzen. Eine gutgeschminkte und lasziv attraktive Frau vom Typus, der ihn bisher mit Herablassung mied. Sie bemerkte ihn im Türrahmen, schluckte ihr aufkeimendes Lachen hinunter, drehte den Kopf ab, setzte an zu einer Bemerkung an und wollte aufstehen, um in einen anderen Raum zu fliehen, wo sie frei loswiehern könnte. Aber Erminius war schneller gewesen. Er hatte an die Erfindung der Lokomotive gedacht, und nun fand die Wirkung der Ohren unweigerlich, wenn auch mit der Verzögerung von Sekundenbruchteilen, den Weg durch die Luft, in ihre Augen und zum Hirn, zündete, explodierte und hallte dann wie das Echo einer Sprengung im Steinbruch zwischen den Wänden hin und her. Die Frau brach mitten in ihrer Bewegung zusammen. Ihr Kiefer

fiel hinunter, sie glitt röchelnd auf die Knie und streckte lechzend eine Hand nach ihm aus, blieb aber zu schwach, sich zu bewegen. Erminius beschloß, das nächste Mal vorsichtiger zu dosieren und vielleicht nur im Geiste den Kochtopf zu erfinden und vermied es, ihr aufzuhelfen. Jack engagierte ihn.
Eine Woche später flimmerte ein Spot für Waschmittel über die Scheiben der Fernseher. Nur kurz sah man Erminius mit den Ohren wackeln, aber am nächsten Tag drängten sich die Frauen vor den Regalen der Kaufhäuser. Innert Stunden war das Pulver ausverkauft und es kam zu blutigen Schlägereien um die letzten Pakete. Jack erhöhte zähneknirschend die Gage und ließ Erminius für Zahnpasta werben. Die Frauen gingen darauf mit blutig gescheuertem Zahnfleisch durch die Straßen. Danach verhalf er einer Hamburgerkette zu Verkaufsorgien.

Erminius' Berühmtheit stieg an. Er galt als der Verführer schlechthin, und dies reicht, wie er aus Kierkegaards Essay wußte und nun erlitt, auch beim häßlichsten Mann aus, daß ihm die Frauen durchs Bett kriechen wie Wanzen an einem Familientreffen. So kam er mit sich überein, daß er fortan in der Öffentlichkeit einen Schlapphut tragen werde, welcher die Ohren verbarg.

Der Verbrauch von Waschmitteln, Zahnpasten und Hamburgern nahm allmählich umweltgefährdende Dimensionen an. Die Sandfilter der Kläranlagen brachen durch, die Sammler von Tubenaluminium klagten über eine Schwemme und den Preiszerfall, und die Straßen waren von Pappkartons zugedeckt. Jack reduzierte die Frequenz der Ausstrahlungen und erhöhte seine Preise, ohne Erminius am Gewinn zu beteiligen.
Die ersten Drohbriefe von Männern trafen ein.

Lebe im Verborgenen! schrieb Epikur zu Recht. Erminius mietete sich in einer Villa am See ein, unter einem Decknamen und mit geheimer Telefonnummer, und wohnte dort mit der creative assistant und der wiedergefundenen Marlene. Diskret, zufrieden und leicht verwundert. Das Angebot der deutschen Grammophon, einen Musikvideo mit Weihnachtsliedern aufzunehmen, lehnte er ab und blieb auch dabei, als sie Udo Jürgens vorbeischickten, welcher seine Stimme leihen sollte.

Am Silvesterabend regte Jack an, mit Erminius einen Werbefilm für den neuen Alfa Spider zu drehen. Marlene riet ihm ab, aber die creative assistant redete zu, Jack drohte mit einer Klausel seines Vertrages, und so fuhr denn Erminius an einem strahlenden Januartag in die Berge zu den Dreharbeiten. Am gleichen Tag präsentierten ihn *manager magazin* und *Bilanz* als Mann des Monats.
Er fuhr die Strecke vom Talboden zum Kurort unter dem Gletscher und wieder hinunter und wurde dabei vom Helikopter gefilmt. Dann wechselten sie auf die andere Talseite, die Serpentine hinauf zum Stausee und zurück. Anfangs genoß er mit halbgeschlossenen Augen die weichen und doch straffen Rundungen dieses offenen Sportwagens, der den legendären Duetto ablöste, lauschte dem Zusammenspiel der Ventile, Kolben und Pleuel, welches sich zum charakteristischen Brummen verdichtete, drückte sich in den engen Kurven in den straffen Recaro-Sitz und klammerte sich wohlig ans Holzlenkrad. Auf den kurzen Geraden strich sein Blick über das farbige Symbol im Zentrum der Speichen, das Lombardische Kreuz und die Drachenschlange.

Auch wenn die sportlichen Lustobjekte aus Milano lange den Ruf hatten, so lottrig und vergänglich zu sein wie die Liebe ihrer Fahrer, auch wenn sie alle durch ihre Ausstrahlung suspekt wirkten, wurden sie doch von den Frauen heimlich geliebt. Wünschen sich doch die Frauen einen Casanova, wollen ihn aber ganz für sich alleine; wollen Feuer und Wasser zugleich, Leidenschaft und Pantoffeln in einem, was der italienischen Marke zwar hohes Renommee, aber tiefe Verkaufszahlen einbrachte. Darum mußte der Fernsehspot mit Erminius das zwingende Argument schaffen, den Japanern die Stirn bieten, die Lust zur Individualität fördern und den Männern zeigen, was den Hausfrauen wirklich gefällt: Nicht Reisschüsseln, nicht Harakiri, sondern die pure Lust, heiß verpackt von Pininfarina.

Erminius fuhr hinauf und hinunter und ließ sich den Wind durch die Haare streichen. Zwischendurch wärmte er sich mit einer Tasse heißen Tees auf und startete sodann zur nächsten Aufnahme.
Bei einem Zwischenhalt sprach er Jack darauf an, daß nun wohl genug Meter in den Kameras lägen, ihm würden allmählich die Ohren abfrieren. Doch Jack

wehrte ab. Um die Ohren gehe es gerade, knurrte er bissig, wie diese im Winde flatterten. Genau das intelligente und frauenverzehrende Wackeln, wofür er ihn, Erminius, bezahle, habe er bisher noch nicht in den Kasten gekriegt. Weiterfahren!
Man könne doch diese Aufnahmen vom Wallis und das Ohrenwackeln auf dem Macintosh zusammenmischen, gab Erminius zurück und hielt die heiße Teetasse neben den Kopf.
„Keine Schummelei bei diesem Auftrag“, brüllte Jack, “nur reality zählt!“
Damit jagte er Erminius in die nächste Runde. Erminius gab sich verzweifelt Mühe, auch in der schnellsten Kurve zu wackeln, verpaßte beinahe den Randstein, erkannte in letzter Sekunde die Gefahr, ins Tal hinunter zu stürzen, fing den Wagen knapp auf und hielt entnervt und schlotternd an. Die Ohren flatterten wie die Schweizerfahne im Frühlingswind.
„Bravo!“ brüllte Jack aus dem Megaphon von oben herab, „genau so, jetzt mach das nochmals, aber ein wenig schneller!“
Sie hörten erst auf, als die Sonne unterging.
Erminius war so müde, daß er von einem Mitglied

der Crew nach Hause gefahren werden mußte, schlief auf der Autobahn schon nach den ersten Kilometern ein und nahm kaum mehr wahr, wie ihm Marlene und die creative assistant aus dem Wagen und ins Haus halfen. Alles drehte sich in seinem Kopf, Randsteine schossen auf ihn zu, Bremsen quietschten, und Megaphone lachten mit Jacks Stimme.

Läuterung

Am nächsten Tag wachte er auf und konnte die Ohren nicht mehr bewegen. Er stöhnte, zog mit den Händen daran, wälzte sich erregt hin und her und schrie auf vor Schmerz, wenn die Ohren das Kissen berührten. Marlene versuchte ihn zu beruhigen und sagte etwas von Muskelentzündung.

Er habe einen Termin für Porsche! krächzte Erminius und wand sich anschließend in einem heftigen Husten, welcher ihn beinahe erwürgte.

Die creative assistant zuckte mit den Achseln, während sie sich neben dem Bett ankleidete, und sagte zum

Fenster hin, für Kartoffeln ohne Kohl habe Jack sicher keine Verwendung. Marlene flößte ihm derweil heißes Wasser ein, gab ihm Aspirin zu löffeln und hieß ihn tüchtig schwitzen. Doch das Fieber holte ihn ein, während draußen in den Städten die Menschen die Alfa-Vertretungen stürmten und die Auftragsbücher für die nächsten zehn Jahre füllten. Jeder wollte seine Ohren im Wind wackeln lassen und den Erfolg bei den Frauen genießen.

Erminius sah sich mit der ewigen Lähmung seiner Ohren geschlagen und versank in einen heißen Wahn. Während er immer wieder versuchte, die kleinste Bewegung seiner Ohrmuskeln zu erreichen, rann ihm der Schweiß über die Stirn und der Schnupfen aus der Nase. Das Zimmer drehte sich, das Bett wogte, und auf einmal schien ihm, daß zu seinen Häupten eine Frau hinträte mit funkelnden und mit über das Vermögen der Menschen durchdringenden Augen, von frischer Farbe und unerschöpflicher Jugendkraft, und doch zeitlos. Ihr Wuchs war von wechselnder Größe: Bald zog sie sich auf menschliche Maße zusammen, bald schien sie mit dem Scheitel den Himmel zu

berühren. Ihr Gewand war von feinstem Gespinst und mit höchster Kunstfertigkeit genäht. Ihre Rechte endlich trug Bücher, ihre Linke ein Zepter.
„Wer bist du", schnüffelte er ahnend, „was willst du von mir in meiner Einsamkeit der Ohrenstarre?"
„Boëthius schickt mich", antwortete jene. „Der Anschlag auf deine Ohren ist das Werk der Neider, denn du bist nicht zufällig im offenen Wagen durch den Winter gehetzt worden. Nein, der böse Neider, den du für deinen Freund hältst, hat diesen Frevel begangen, um dich aus dem Verkehr zu ziehen."
„Niemals", sagte Erminius zur Frauengestalt, „der will Kohle machen."
„Er wurde von allen Männervereinen und Logen mit geheimen Zahlungen dazu getrieben. Denn deren Frauen und, viel schlimmer noch, deren Freundinnen, sehen sich nur noch Werbespots mit dir an, statt den häuslichen Pflichten nachzukommen."
„Die Männer brauchen ja bloß ein Cabrio zu kaufen", warf Erminius dazwischen.
„Natürlich füllen sie die Bestellbücher der Alfa Romeo, aber wackeln wie du? Nein, das können sie nicht. Darum taten sie den Schritt zu deiner Vernichtung.

Aber sie werden ihre Untat nicht zu Ende führen können, wenn du mir folgst zur Großen Erkenntnis."
Erminius fragte sich, was sie damit meinte.
„Trockne deine Nase und höre." sagte sie. „Solange dein Auge vom Schnupfen verschleiert ist, vermag es nur Schattenbilder zu erkennen." Aus dem Nichts erschien ein Tempotaschentuch und half Erminius schneuzen. „Wenn eine Gabe, die auf einen einzigen Menschen gehäuft ist, dort bleibt, herrscht Ungerechtigkeit. Erkennst du, wohin ich dich führen will? Erkennst du, daß alle Menschen zum Guten zu gelangen suchen? Erkennst du, daß alles, was gut ist, durch Teilhaben am Guten gut ist? Bedenke dies gut!"
Lange sah ihn die Frau an, unendlich lange, bis Erminius begriff.
„Du sprichst die Wahrheit, o Nährerin aller Tugend", rief Erminius, „es gibt einen Weg!" Sein Mund murmelte Worte, die er selber nicht verstand, dazwischen fiel er in einen dunklen, tiefen Schlaf, wurde immer wieder vom eigenen Murmeln geweckt und fühlte sich jedesmal besser, während die Frau ruhig vor ihm wartete und seine Stirn trocknete. Plötzlich erkannte er in ihrem Gesicht Marlenes Züge.

„Du hast drei Wochen im Fieber geredet“, sagte Marlene und lächelte. „Ich habe mir das wichtigste notiert und in die Wege geleitet.“
Erst jetzt fiel ihm auf, daß sie ein Diadem auf den blonden Haaren trug. Es war aus Gold getrieben und zeigte zwei Öhrchen, welche das Symbol für Yin und Yang umfaßten. Auf dem Bruststück, das sie ebenfalls trug, war das östliche Symbol mit zwei Menschenfigürchen dargestellt. Ein dunkelblaues, langes Seidenkleid fiel wie eine Liebkosung über ihren Körper und zeigte jede Rundung. Neben ihr auf dem Stuhl lag ein Hermelin über die Lehne geschlagen.
Sie zog einen Zeitplaner hervor und begann vorzulesen.
„Jack übernimmt die Promotion die ersten zwei Jahre gratis, weil er dich reinzulegen versuchte. Ich habe das mit seinem Anwalt geregelt.“
„Welche Promotion?“
„Na, die Lizenzen! Du willst doch deine Fähigkeit mit den anderen Männern teilen, und dazu müssen wir Lizenzen für Studios vergeben, Lehrvideos aufnehmen, Diplome verkaufen, Mitgliederbeiträge einziehen, Erfolgshonorare kassieren. Außerdem habe ich einen Tourneeplan aufgestellt. Du wirst ab nächster

Woche pausenlos in der Welt herumjetten und Meisterkurse geben. Wir sind bis zum Rand ausgebucht."
Erminius zog ratlos die Luft ein.
„Ist dir nächste Woche zu früh? Das wäre aber fürchterlich schade, wenn wir die ersten Tempel alleine einweihen müßten."
Tempel?
„Warum siehst du plötzlich so drein? Hast du etwa einen Rückfall, mein Liebster? Oder eine neue Vision?" Sie beugte sich vor, und schweres Parfüm wallte ihm entgegen.
„Die Männer, welche dank dir deine Kunst beherrschen, sollen sie natürlich nur auf Angehörige des Tempels anwenden können. Die Mitgliedergebühr ist den Frauen in der ersten Woche erlassen. - Du runzelst die Stirn. Habe ich etwas falsch verstanden, mein Großer, unser aller Herrscher, mein Gott?"

Da begriff Erminius, daß er eine Religion gegründet hatte und sehr reich würde, und seine Ohren fächerten durch die Luft. Marlene zuckte zusammen, sprang auf und zerrte an seinem Pyjama.

Gesang

Erstmals erschienen in *Pschorrles Monatsblättern* (PMB) Nr. 1, der Zeitschrift für Philosophie, Psychologie, Soziologie, Nekrologie und Schlimmeres.

PMB: Herr Professor Pschorrle ...

Prof. Pschorrle: Ja, gerne, im großen Glas.

PMB: ... mit einer bahnbrechenden psychologischen Analyse befreiten Sie vergangenes Jahr einen Mann vom Fluch seines Schicksals. Er hatte seine Schwester erstochen und fühlte sich danach nicht besonders wohl.

Prof. Pschorrle: Ja, doch, da kann ich mir - und den Erkenntnissen der Psychologie - zugute halten, daß sich Herr Hartholz nicht mehr unwohl fühlt, weil er nun weiß, daß seine Tat kein böswilliges Unterfangen war. - Leider kann seine singfreudige Schwester seinen Wandel nicht mehr miterleben. - Der Fall war vielmehr eine Konsequenz seiner abnormen Persönlichkeitsstruktur, gefördert durch eine traumatische Kindheitserfahrung.

PMB: Sie begründen die Tat mit der abnormen Persönlichkeit. Ist dies eine Hypothese oder können Sie die Aussage belegen?

Prof. Pschorrle: Das ist keine Hypothese, aber wir können unter den gegebenen Umständen und mit der vorhandenen Information zum Fall davon ausgehen, daß es sich wahrscheinlich so verhält.

PMB: Herr Hartholz, ein technischer Angestellter, der mit seiner Schwester zusammenlebte und sie nur selten verprügelte, wird von seinen Bekannten als ruhiger Mensch beschrieben: Umgänglich, hilfsbereit und freundlich. Das steht im Gegensatz zu Ihrer Beurteilung.

Prof. Pschorrle: Überhaupt nicht. Er ist mit einer sensitiven Disposition ausgestattet, und daraus ergibt sich eine erhebliche Gefährdung, unter Umständen bis zum Wahn. Es ginge natürlich zu weit, dies in Laiendeutsch im einzelnen auszuführen, aber man kann zusammenfassend folgendes sagen: Der Wahn kann verborgen bleiben, bis plötzlich der Kern der Persönlichkeit explosionsartig hervorkommt.

PMB: Aha. Gab es frühere Hinweise auf seine abnorme Persönlichkeitsstruktur?

Prof. Pschorrle: Seine Sensitivität zeigte sich schon bei jenem Fall vier Jahre vor dem Tod der Schwester. Er erbrach in einer Gartenwirtschaft ein Bier und zerschlug ein Glas, das er einem Gast an die Gurgel setzte, mit den aus psychologischer Sicht höchst bedeutsamen Worten: ‚Ich schneide dir den Hals ab!'

PMB: Geschah das spontan und grundlos?

Prof. Pschorrle: Keineswegs und überhaupt nicht! Der andere Mann hatte eine Bemerkung über die Schwester fallen lassen: ‚Na, fließt deine Freude wieder, weil die schrumpfhirnige Helga ihre bierglasklirrigen Jauchzer ventiliert?'

PMB: Also wehrte er sich gegen die Beleidigung seiner Schwester?

Prof. Pschorrle: Oh, nein, das sehen Sie völlig falsch. Es ist belegt, daß er erst beim Wort *Jauchzer* auf- und dem Spötter an die Gurgel sprang. Er unterließ es in der Folge jedoch, dem Mann die Kehle durchzuschneiden. Leider, muß ich fast sagen, denn dies hätte womöglich bereits die latente Abartigkeit heraufgeschwemmt und seiner singenden Schwester später das Leben gerettet.

PMB: Hat jener Ausbruch also mit dem hohen Bierkonsum zu tun?

Prof. Pschorrle: Mitnichten. Bier macht friedfertig, das kann ich auf Grund unzähliger Selbstversuche an meiner eigenen Person mit an Wissenschaftlichkeit gemahnender Festigkeit versichern. Auch trank er das Bier nur, um seine Beschämung zu vergessen, wenn er wieder seiner Schwester wegen aufgezogen wurde.

PMB: Also hatte es doch einen Zusammenhang mit seiner Schwester?

Prof. Pschorrle: Natürlich, sonst hätte er sie nicht mit zehn Stichen getötet, bis sich das Fleischmesser im Schädel der Schwester drin zu einem U verbog. Können Sie sich das richtig vorstellen? Zu einer großen Stimmgabel verbogen, sozusagen.

PMB: Deswegen sagen Sie, seine Persönlichkeit sei abartig veranlagt?

Prof. Pschorrle: Die ganze Tat war doch eine abnorme Verhaltensweise! Sowas tut ein durchschnittlich belasteter Mensch ja nicht, dem reichen zwei, drei Stiche. Aber auf Grund seiner sensitiven Disposition findet die Eindrucksfähigkeit keinen Ausdruck, es sei denn, daß eine besondere Belastung auftritt.

PMB: Was löste denn an jenem Winterabend diese besondere Belastung aus?

Prof. Pschorrle: Es waren die besonderen situativen Gegebenheiten, die ihn in seinen Lebensumständen bedrängten.

PMB: Gewiß. Können Sie uns das genauer erläutern?

Prof. Pschorrle: Seine Schwester sang an jenem Abend wieder, und zwar gräßlich falsch, wie die Befragung der Nachbarn ergab.

PMB: Aber das ist doch kein Grund, jemanden umzubringen!

Prof. Pschorrle: Es existieren noch Aufnahmen von ihrem Gesang. Wollen Sie sich die anhören?

PMB: Ich denke, wir können auf Ihr Urteil bauen.

Prof. Pschorrle: Und der Gesang - das ist von höchst

signifikativer psychologischer Wichtigkeit - löste in ihm, wie so oft, eine große Beschämung aus. Außerdem hatte der FC Bayern soeben gegen Borussia Dortmund verloren und ihm war schon schlecht vom vielen Bier. ‚Es reicht!' rief er, ‚ich kann dich nicht mehr hören!' Sie hörte jedoch nicht auf ihn und auch nicht auf, und so holte er mit dem Fleischmesser, das er zufällig in der Hand hielt, aus und beendete das Trauma. Dies allerdings sehr zum Nachteil der Schwester.

PMB: Sie nennen die Beschämung als Auslöser. Damit ist einer doch nicht schon abnormal. Das erlebt jeder von Zeit zu Zeit.

Prof. Pschorrle: Nein! Das ist ein psychologischer Fachausdruck von höchster Bedeutung und Präzision, den man nicht mit dem gewöhnlichen Gefühl verwechseln darf. Er hat ihn sogar selber höchst zutreffend gebraucht bei der Befragung.

PMB: Ein Laie braucht den Fachausdruck?

Prof. Pschorrle: Das fragte das Gericht auch. Es ist

sozusagen ein Glücksfall, daß ein Laie diesen Ausdruck gegenüber dem Fachmann verwendet. Der Beschuldigte fühlt eben ein instinktives Wissen um sich selber, wie dieser spontane Gebrauch dem Fachmann klar beweist.

PMB: Das ist eine Interpretation, scheint mir.

Prof. Pschorrle: Es ist eine Interpretation, die man in Kenntnis der gesamten Situation vornehmen kann.

PMB: War der Mann nicht ganz einfach betrunken und frustriert?

Prof. Pschorrle: Diese Frage ist falsch gestellt. Haben Sie eine Schwester?
Na, sehen Sie!
Die Beschämung hatte sich ja schon seit der Kindheit aufgebaut, denn schon damals tat sich seine Schwester durch besonders laute und falsche Jauchzer hervor, wie mir zu verschiedenen Malen von Herrn Hartholz bestätigt und vorgeführt wurde.

PMB: Dies kann einen natürlich ärgern. Aber warum beschämt es?

Prof. Pschorrle: Es führt zu großer - und ich wähle dieses Wort nicht zufällig - großer! Beschämung, wenn die Spielkameraden einen armen Jungen damit aufziehen, daß seine Schwester falsch singe.
Nun hat er eine solche Schwester, die sehr laut und außerordentlich falsch jauchzt. - Wollen Sie das Band wirklich nicht anhören? - Und er konnte nichts dagegen tun. Der allmächtige Vater trat immer dazwischen, wenn Herr Hartholz seine Schwester vom Jauchzen abhalten und verprügeln wollte, und sagte zur Begründung, daß ihre Lebenslust nicht zu stoppen sei.
Außerdem war sie kräftiger als er.
Stellen Sie sich die Qual mal plastisch und akustisch vor! Wenn sie aufwachte, einen Jauchzer zum Tag, wenn sie aus dem Bett sprang, einen Jauchzer zur Sonne. Einen Jauchzer im Bad, wo es dröhnte, daß sich die Armaturen aus der Verankerung losrissen. Wenn sie zur Schule ging, einen Jauchzer im Treppenhaus, wo es hallte, daß die Scheiben klirrten, darauf einen Jauchzer zwischen den widerhallenden Häuser-

mauern durch. Mit Jauchzern fuhr sie auf dem Rad los, mit Jauchzern im Schuß über die Stopplinie in die Hauptstraße. Die Autofahrer hielten entsetzt an, sobald diese Jauchzer schallten, und so wurde sie nie totgefahren.

Dies wiederum hat sich auf die Lebenslust des empfindsamen Herrn Hartholz ausgewirkt. Darum ist es auch zum zweiten Fall vor drei Jahren gekommen, als er in ein Auto raste, welches aus einer Stoppstraße fuhr, und sogleich eine Prügelei begann. Der Polizeibericht erwähnt zwar, daß er betrunken gewesen sei, aber die wahren Hintergründe liegen anders. Er sah in diesem Wagen, der da aus dem Stoppsack fuhr, seine sublimierte Schwester und übertrug die gesamte Last der Beschämung auf das fremde Auto und dessen Fahrer. Er hatte schon als Junge phantasiert, er warte hinter einem Busch mit einem schweren Wagen, bis sie jauchzend Richtung Hauptstraße radle. Dann, mit einem Satz, springt er ans Steuer, läßt den Motor aufheulen und walzt mit hundertfünfzig PS vor der Stoppstraße durch. In den Zeugenaussagen wurde ja notiert, daß er immer geschrien habe, das sei kein

Wagen, das sei ein motorisiertes Fahrrad. Darum prügelte er den Fahrer spitalreif.
Doch er hatte halluziniert und war wieder beschämt - wieder wegen seiner Schwester.
Dieser Ausbruch hätte aber verhindert werden können, trotz der Veranlagung.

PMB: Ich nehme an, daß Sie damit Ihre kreativ-edukative Philosophie der pädologischen Natürlichkeit antönen wollen.

Prof. Pschorrle: Richtig, sehr richtig. Ganz richtig sogar. Man soll nämlich die Kinder natürlich wachsen, ihre eigenen Spiele spielen lassen.
Dies wurde bei Herrn Hartholz insbesondere auch durch den Vater verhindert. Er verpaßte es folglich, das Sozialverhalten einzustudieren, welches dem Manne eigen ist. Erstaunlicherweise erkannte er selber aber trotz seiner einfachen Herkunft die Problematik schon früh, ohne sich seiner geistigen Leistung bewußt zu sein: Manchmal nämlich klagte er bei seinen Spielkameraden: ‚Die darf man nicht mal schlagen, sonst holt sie gleich den Vater!' Aber seine Kameraden

lachten ihn bloß aus und verhöhnten ihn. Hätte ihn wenigstens sein Vater gewähren lassen, dann wäre sicher alles anders gekommen, er hätte das Verhalten für die Zukunft einstudieren, sublimieren und in den normalen, familiär und sozial akzeptierten Grenzen halten können. Mit anderen Worten, er wäre ein normales Mitglied der Gesellschaft geworden.

PMB: Hätte er seine Schwester häufiger verprügeln sollen?

Prof. Pschorrle: Ganz genau. Das hätte seiner Schwester gar nicht geschadet. Kein Kind braucht seine Prügel persönlich zu nehmen, denn sie gelten nicht dem Individuum, sondern dem Einüben der Gesellschaftsrituale. Wenn die Buben die Mädchen umherschubsen, dann ist dies das Spiel, welches sie im Erwachsenenleben sublimieren werden. Wenn Banden von Zwölfjährigen eine Elfjährige in einen Keller zerren, dann üben sie das Verhalten, das seit Hunderten von Jahren die Gesellschaft formt. Es handelt sich um Rituale, nicht bös gemeint, auch wenn sie dem Erwachsenen, der sich in der Kinderwelt nicht auskennt, grob er-

scheinen können. Was wäre unsere Gesellschaft ohne Rituale? Ohne Rituale, die unser Zusammenleben in geordnete Bahnen lenken?
Und: Wo könnte ein Kind dies lernen, wenn nicht im Spiel? Ein Großer schlägt auf einen Kleinen ein und der Dritte sieht zu. So funktioniert die menschliche Gemeinschaft. Jung muß man das üben. Mit der Muttermilch muß man es lernen. Und wer dann blaue Flecken davonträgt, soll sich nicht grämen: Er ist Teil eines größeren Ganzen. Jeder hat seinen Platz in unserer Gesellschaft, der Starke oben, der Schwache unten.
Er, oder sie, ich will da nicht Sexismus treiben, bekommt dadurch die Chance, schon in jungem Alter seine Rolle einzustudieren, so daß sie ihn später nicht mehr als ein müdes Lächeln kostet.
Herr Hartholz durfte dies nicht lernen, und es ist nicht seine Schuld, daß er seine abartige Veranlagung nie in gesellschaftlich akzeptierte Bahnen lenken konnte. Dies hat er auch selber begriffen und fühlt sich seither viel wohler.

PMB: Herr Professor, wie weit ist das Gericht ihren Ausführungen gefolgt bei der Bemessung der Strafe?

Gesang

Prof. Pschorrle: Viel zu wenig! Beschämend wenig. Zu zwanzig Jahren verurteilten sie den armen Mann. Ich würde am liebsten ... aber bestellen Sie mir noch so ein Glas, ein großes.

Artenschutz

Irma wollte den Zentralstaubsauger in Betrieb nehmen. Vor einer Woche waren sie in diesen neuen Block gezogen, die Wohnung strotzte vor lauter modernen Schikanen, und nach der Beförderung von Max konnten sie sich diesen Luxus sogar leisten. Endlich brauchte sie nicht mehr den Schlitten in der ganzen Wohnung herumzuschleppen: In jedem Zimmer war ein grauer Anschluß montiert. Sie konnte einfach den gerippten Schlauch in die Wand stecken, und schon schaltete sich automatisch eine Maschine im Keller ein. Die Apparatur sog alles, was ihr vor die Öffnung kam, durch Röhren in der Wand in einen Schacht und hinunter in den zentralen Staubcontainer. Der Behälter wurde dann jährlich von einer Firma geleert. So hatte es Max erklärt.

Artenschutz

Das sei das Allerneueste an Haushaltsmaschinerie, sagte er, und in der Küche hätte der Architekt eine ganz besonders raffinierte Lösung eingebaut: Dort verschwinde alles in einem Schlitz unter der Kochkombination, sie brauche nicht einmal einen Schlauch einzustecken. Bloß mit dem Fuß einen Schalter umlegen, schon öffne sich eine hydraulische Klappe und der Staub werde weggeschlürft. Damit seien auch diese Unfälle mit Pussy und dem Klopfsauger in Zukunft ausgeschlossen.

Irma steckte den Schlauch in die graue Wanddose, und sogleich fuhr das Rauschen an. Sie lachte zufrieden auf. Pussy, die sauggerätgeprüfte Katze, schlich verstimmt aus dem Wohnzimmer.
Als Irma ein paar Augenblicke später den Schlauch wieder auszog, erwartete sie, daß das Geräusch verebbe. Doch im Gegenteil rauschte es deutlicher als zuvor. Dazu ein erbärmliches Jaulen und Miauen.
Pussy! Irma rannte dem Geheul nach bis in die Küche. Der Futternapf lehnte umgekippt am Fuß der Kombination und ein scharfer Luftzug kühlte ihre Waden. Sie begriff, warf sich auf die Knie und erspähte durch

die verwirbelten Strähnen ihrer Haare die Pfoten am Saugschlitz, die sich verzweifelt an die Kante krallten. Irma kroch näher, um das kreischende Tier aus seiner Agonie zu retten, doch in diesem Augenblick schlufften die Pfoten in den Schlitz, und mit dumpfem Poltern verschwand Pussy im Schacht.
Jetzt erst realisierte Irma, daß die Luft in der Wohnung ausdünnte wie unter einem Saugnapf und daß ihr plötzliches Schwindelgefühl vom Sauerstoffmangel, nicht vom Schreck stammte. Sie schleppte sich ans Fenster, riß den Griff herum und konnte knapp dem Flügel ausweichen, welcher in den Unterdruck hineinschwang. Dann trat sie zum Schalter hinüber. Noch bevor sie ihn mit dem Fuß umlegte, riß der Luftstrom einen Pantoffel in den Schlund. Endlich verstummte das Rauschen. Die Klappe schloß sich lautlos.

Mit dem Hauswart, der ihr kein Wort glaubte, stieg sie in den Keller. Kratzen und Rascheln und Poltern drang gedämpft aus dem Staubcontainer. Sie öffneten den Behälter und gruben leise fluchend die arme, keuchende und hustende Katze aus dem Staubmeer.
Nie wieder, schimpfte Irma, während sie aus dem

Keller heraufstiegen, nie wieder würde sie das Ding einschalten. Pussy bekäme postwendend einen Herzinfarkt und Irma ebenso. Wenn sie daran dachte, wie Pussy damals monatelang traumatisiert gewesen war, als es ihr den Schwanz auf die Rolle des Klopfsaugers gewickelt hatte! Schon zum zweiten Mal wurde die arme Hauskatze zum Opfer der Haustechnik, die Gute, Unschuldige, die immer vor den Gefahren der freien Wildbahn geschützt gewesen war. So beklagte sich Irma beim Hauswart, und er hörte sie geduldig ab.
Um seinen guten Willen zu zeigen - denn er könne nichts dafür, daß dieses zentrale Gerät so stark sauge - bat er sie in die Wohnung und rief in ihrer Gegenwart gleich die Lieferfirma an. Doch der Mensch am anderen Ende wollte den netten Hauswart abwimmeln, mit faulen Ausreden, das sei doch nicht möglich, man kenne keinen solchen Fall, das gebe es höchstens bei der Konkurrenz in diesen Einfamilienhäusern. Da riß sie dem verdatterten Hauswart den Hörer aus der Hand, Pussy immer noch unter den Arm geklemmt, und schrie in den Hörer, sie würde als Nächstes den Tierschutz alarmieren, daß er eine Reportage über diese Teufelseinrichtung in den Zeitungen plaziere und sich andere

Katzenbesitzer meldeten, von Hamburg bis Neapel. Das wirkte. Sofort wurde sie mit dem Marketingleiter verbunden, der sich förmlich entschuldigte und erklärte, daß die Serviceabteilung den Schaden sofort untersuchen würde. Es handle sich eben um eine Neuentwicklung, der Monteur habe vielleicht die Maschinen etwas zu stark eingestellt, oder dann sei eine Diode in der Steuerung geplatzt und dadurch womöglich die Elektronen übergeschwappt und darauf - er hoffe, daß er sie mit den technischen Fachausdrücken nicht überfo..., also, er meine, belästige - hätte sich in den Kathoden eine Stromblase gebildet, welche am Ende ausgelaufen sei und wegen der hohen Regelkreistemperatur die Ankerladung vulkanisiert habe. Sowas führe manchmal zu einer überhöhten Leistung, das sei ja allgemein bekannt, aber bei ihren Geräten bisher mit Sicherheit noch nie aufgetreten.
„Ich will keine technische Erklärung“, zischte Irma, „ich will eine Lösung. Staubfrei und katzenfreundlich.“
Schließlich versprach ihr der Fachmann hoch, heilig und mit sonorer Stimme, daß er ihr in der Zwischenzeit eine andere Staubsaugmaschine zur Verfügung stelle, auf Kosten des Hauses, und daß er eine große Packung

Katzenfutter mitschicke. Allmählich beruhigte sich Irma, Pussy erwachte aus ihrer Verstörung und strampelte unter dem Arm, und Irma lenkte ein. Dankbar seufzte der Hauswart auf, als sie den Hörer auflegte.

Sie stapfte in ihre Wohnung hoch, ging ins Badezimmer, schloß die Türe hinter sich zu und ließ Wasser in die Wanne laufen. Pussy begriff, sie würde gewaschen werden, kratzte aufgeregt an der Türe, jaulte zum Steinerweichen und Betonschmelzen, aber ob das der Katze paßte oder nicht, es mußte sein. Denn welcher gefährliche Dreck sich in diesem zentralen Container bereits gesammelt hatte, das konnte kein Mensch erahnen, und Irma rechnete mit dem Schlimmsten: Viren, Bazillen, Schwermetalle, Asbest, Dioxin. Jeden Tag wurde ein neuer gefährlicher Stoff in den Haushalten gemeldet, jede Woche starb ein Rentner an den Ausdünstungen und dem Abrieb von Tapeten, Büchergestellen oder Putzlumpen. Im Staub konzentrierte sich dann das Gift zur höchsten Wirksamkeit. Es ist schrecklich, was Katzen durchmachen müssen. Sie packte ihren Liebling am Nacken und seifte ihn ein, schrubbte und wusch das Fell gründlich aus und duschte den gereinigten Körper am Ende ausgiebig ab. Schließlich hob sie das schwarze, tropfnasse Bündel Katze in die Höhe und sah Pussy mit zärtlichem Mitleid in die haßerfüllten Augen.

Max schüttelte nur den Kopf, als er am Abend von der Geschichte erfuhr. Er versprach, am nächsten Tag gleich den Lieferanten anzurufen, damit der Ersatzsauger auch wirklich schnell geliefert werde. Aber er hätte sich keine Sorgen zu machen brauchen: Am nächsten Morgen früh, kaum waren sie aufgestanden, klingelte es an der Tür, und draußen standen zwei Männer in Monteurskleidung. Vor ihnen ein brauner Karton, der bis zur Brust reichte.

„Ihr neuer Staubsauger", erklärten sie, „unser bestes Modell."

„Das Ding ist ein Staubsauger?" fragte Irma, noch im Morgenmantel, während ihr Max über die Schultern sah und seine Zähne weiterputzte, „Den kann ich ja nicht mal rumziehen, so riesig ist der. Da hole ich mir gleich einen Leistenbruch!"

„Nein, nein", lächelten die Monteure beschwichtigend, „der macht alles selber. Wir erklären ihnen das gleich."

Sie schoben die Kiste in die Wohnung und schälten den chromstahlglänzenden Kübel aus seiner Verpakkung. Ein Ding mit vielen Rädern und ein paar Klappen am unteren Rand.
Irma hatte sich inzwischen angezogen und bestaunte das Gerät.
„Wo soll ich hier den Schlauch einstecken?“ fragte sie mißtrauisch.
„Brauchen Sie nicht“, erklärte der eine Monteur lächelnd, „das ist alles eingebaut.“
Max beäugte es schief, während er seinen Regenmantel zuknöpfte. „Wo ist die Bedienkonsole?“ fragte er.
„Brauchen Sie nicht“, fuhr der Monteur freundlich weiter, „der sucht sich selber den Weg durch die Wohnung und zum Dreck, und wenn er fertig ist, stellt er sich an eine Steckdose und lädt sich wieder auf.“
Max setzte den Hut auf und wiegte den Kopf ungläubig.
„Der hat eben künstliche Intelligenz“, versuchte der jüngere der beiden zu erklären, „und ist mit Fuzzy-Logic programmiert.“
„Fusselige Logik“, murmelte Max, „und das in einem Staubsauger.“ Er lächelte den beiden Männern versöhnlich zu, durch seinen Kalauer milde gestimmt,

dann gab er Irma den Morgenkuß und ging zur Arbeit. „Er lernt jeden Augenblick dazu“, sagte der Junge und sah Irma Anerkennung suchend in die Augen, „er lernt mit der Zeit sogar, die Staubquellen zu identifizieren.“
Sie nickte gelangweilt. Die beiden Monteure räumten die Verpackung ein, drückten ihr die versprochene Katzennahrung mit einem verlegenen Lächeln in die Hand und verschwanden kurz darauf.
Irma schüttelte den Kopf und musterte den Kübel. „Kannst du überhaupt staubsaugen?“ fragte sie unbedacht.
„Sta-ub sau-gen“, antwortete der Kübel mit blecherner Stimme und begann zu summen. Irma fuhr zusammen. Der Apparat setzte sich in Bewegung und suchte den Parkettboden ab wie ein Hund eine Fährte. In den Ecken schnüffelte er herum, indem er eine Klappe an seinem Bauch öffnete und ein bewegliches Rohr hervorstreckte. Der Kübel drehte sich um, erspähte den Perserteppich und begann, so sah es jedenfalls aus, genüßlich die Fransen abzulecken. Dann schob er seinen Schlauch unter das Sofa und wischte dort die Staubschicht weg. Er wich Irma aus, die immer noch

reglos stand, und rollte an ihr vorbei in den Flur. Irma setzte sich Erholung suchend auf das Sofa. Die Katze kam herangeschlichen und legte sich auf ihren Schoß, während das fleißige Summen der Maschine durch die Wohnung wogte. Als das Geräusch verstummte, scheuchte Irma Pussy vom Schoß, wischte die Katzenhaare vom Rock und ging neugierig von Zimmer zu Zimmer. Alles war staubfrei, und die Maschine stand wie vorausgesagt neben einer Steckdose. Also konnte sie beruhigt einkaufen gehen, dachte sie und warf den Mantel um.

Als sie zurückkehrte, stand der Apparat an einem anderen Ort. Achselzuckend hängte sie den Mantel auf. Pussy schlich um eine Ecke zu ihr heran. „Alles in Ordnung?" fragte Irma und bückte sich, um das Tierchen zu streicheln. Sie setzte sich wieder auf das Sofa im Wohnzimmer und bemerkte erst hier, daß das Möbel von den Katzenhaaren gereinigt war. Das Ding da draußen war ja regelrecht pingelig. Wie zur Bestätigung begann draußen der Kübel zu summen und umherzurollen. Pussy spitzte die Ohren. Als in der Küche ihr Futternapf herumgestossen wurde und die Katzen-

biskuits raschelten, sprang sie auf und sauste hinaus. Irma schmunzelte. Der Futterneid der Katze war größer als die Furcht vor Maschinen. Nun hörte sie Pussy erzürnt fauchen, stand auf und folgte dem Tier in die Küche. Pussy fauchte den Kübel an, mit aufgerichtetem, buschigem Schwanz, den Rücken zum Buckel gewölbt. Der Apparat schnüffelte ungeniert den Boden ab und rückte ihr in gewundener Bahn näher. Plötzlich sprang die Katze mit einem mächtigen Satz auf den Deckel hinauf, versuchte sich festzukrallen und ihre Zähne in den Apparat zu schlagen, aber das war bei diesem Chromding unmöglich. Die Maschine begann sich im Kreis zu drehen, ruckte hin und her, als ob sie das lästige Tier abschütteln wollte. Da sprang Pussy herunter und sauste fort. Irma bückte sich und hob den leeren Futternapf auf. Die Maschine war doch allzu fleißig. Die verbissene Geschäftigkeit - man sollte das Ding auch mal abstellen können. Oder hatte die Katze die Biskuits heruntergewürgt, aus Angst, das Ding fresse ihr etwas weg? Die Arme war von den Dingern schon arg traumatisiert.
Irma zog die Packung Katzenfutter aus dem Schrank, achtete einen Augenblick nicht auf den Automaten

und wollte das Schüsselchen nachfüllen, als sie durch ein verzweifeltes Miauen und das Rücken von Stühlen aufgeschreckt wurde. Sie eilte ins Wohnzimmer zurück, während der Staubsauger aufbrummte, und sah, wie der Schwanz der Katze bis zum Ansatz in einem Schlauch des Monsters verschwand. Pussy hatte ihre Krallen in den Parkettboden geschlagen, und während Irma vor Schreck erstarrt unter der Türe stehen blieb, sog das Ungetüm die entsetzt kreischende Katze über den Boden. Unter den Krallen kringelte sich das Holz, doch nichts half das, denn mit einem dumpfen Plopp verschwand das Tier im Schlauch.
„Schalt ab!" schrie Irma, „Hör auf!" Da öffnete sich eine Klappe und ein armdicker Schlauch schoß hervor. Irma zuckte zurück, glitt auf dem glatten Boden aus, wollte sich aufrappeln und spürte mit Grauen, wie sich der Schlauch um den Fuß schloß. Der Motor brüllte gierig auf.

Als Max am Abend in die Wohnung trat, wunderte er sich über die Ruhe.
„Irma!" rief er fragend im Flur, seine Aktentasche unter den Arm geklemmt, doch er hörte keine Antwort.

Hatte sie am Ende den neuen Apparat wieder zurückgebracht? Auch Pussy kam ihn nicht begrüßen. Als er realisierte, daß Irmas Auto unten auf dem Parkplatz gestanden hatte, fühlte er plötzlich eine fürchterliche Angst, wie wenn von ferne ein Reh ruft, das eben vom Wolf gerissen wird. Reglos horchte er und hörte dank dieses stummen Augenblickes, wie sich etwas anschlich. Einbrecher! Er wandte sich blitzschnell um und sah die Maschine heranpirschen. Das Ding fuhr drohend auf ihn zu, beschleunigte wie eine satte Raubkatze und öffnete eine Klappe, aus der ein Schlauch hervorschnellte. Geistesgegenwärtig warf er dem Ungeheuer die Aktentasche in den Rachen, rettete sich mit zwei mutigen Sätzen zur Türe hinaus und schloß hinter sich ab. Hatte er richtig gehört, oder hatte er sich etwas eingebildet? Doch dann klang ihm ein Pochen aus dem Bauch des Ungeheuers deutlich in den Ohren, er erinnerte sich an ein dumpfes Schreien. Entschlossen klingelte er beim Nachbarn, ließ sich zum Telefonapparat führen und rief die Polizei an.

„Es tönt vielleicht verrückt“, sagte Max, „aber in meiner Wohnung ist ein Staubsauger, der ...“

„Ein intelligenter Staubsauger von Swallow&Devour?“

fragte der Beamte wie aus der Pistole geschossen, und Max glaubte das Entsetzen in der Stimme zu hören. „Geben Sie mir die genaue Adresse!"
Max diktierte.
„Gehen Sie auf keinen Fall in Ihre Wohnung zurück", erklärte der Polizist, „und warnen Sie um Gottes Willen sofort die anderen Bewohner im Haus. Unsere Spezialeinheit steht in zwei Minuten bei ihnen."
Kaum hatte er aufgehängt, hörte er ein wildes Getrampel im Treppenhaus, und die Türglocke klingelte. Es war die Staubsauger-Bekämpfungseinheit, die den Block evakuierte.
"Raus, raus!" riefen die Männer in den dunklen Kampfanzügen, „es geht um Sekunden."
Max wurde vom Strom der aufgescheuchten Bewohner heruntergezerrt und versuchte unten an der Türe einen Mann mit Streifen auf dem Helm anzusprechen. Doch der wies ihn weg: „Gehen Sie in Deckung, es wird bald in die Luft gesprengt!" sagte er bloß.
„Das Gerät?" fragte Max mit aufgerissenen Augen.
Der Uniformierte warf den Kopf in den Nacken. „Zu gefährlich. Wir müssen das ganze Haus sprengen. Gehen Sie jetzt." Er schob Max weg.

„Ist hier noch jemand drin?“ sah Max einen Uniformierten durchs Megaphon zum Haus hinauf fragen.
„Meine Frau!“ brüllte Max und rannte auf ihn zu.
„Dann holen Sie die schleunigst!“ schleuderte ihm der Mensch entgegen.
„Sie ist im Staubsauger!“
Der andere trat zwei Schritte auf ihn zu. „Bühler“, stellte er sich vor, „ich bin der Kommandant der Spezialtruppen.“ Er legte Max die Hand auf die Schultern, wie der Vater dem Sohn bei der Mobilmachung. „Sie müssen jetzt stark sein“, fuhr er weiter, „es geht hier um Leben und Tod.“
„Eben!“ ereiferte sich Max, „Sie können nicht einfach meine Frau in die Luft jagen.“
Der Kommandant sah ihm eine lange Sekunde in die Augen. „Ich mach’s nicht gerne, aber wir haben keine andere Wahl. Die Dinger sind zu gefährlich, wir können das Leben unserer Männer nicht leichtfertig aufs Spiel setzen.“ Er kratzte sich betreten am Kopf, während Max nach Worten suchte, dann fuhr er weiter. „Wenn es ein Hund gewesen wäre, oder eine Katze, dann müßten wir natürlich angreifen, sonst zettelt der Tier-

schutzverein einen Skandal an. Aber bei einer Frau - Ich hoffe, Sie verstehen."

„Meine Katze ist auch drin!" rief Max.

Der Kommandant legte seinen Kopf zur Seite. „Wollen Sie mich für dumm verkaufen, bloß weil ich die Tiere erwähnt habe?"

„Doch! Doch! Ich habe eine Katze, und die ist auch im Staubsauger."

Max verwarf gequält die Hände. Aber erst, als sich die Nachbarn einmischten und bestätigten, daß Max Besitzer einer Katze sei - sie hätten sie beim Einzug sogar streicheln können - und dann einer sein Handy zückte und bei der Auskunft die Telefonnummer der *Liga gegen Tierversuche* verlangte, lenkte der Kommandant ein. Er verzog sich mit finsterer Miene in den Kommandowagen.

Inzwischen waren Fernsehteams angerückt, das neue, leere Haus stand im Scheinwerferlicht, und auf dem Platz davor vermengten sich die Bewohner mit Neugierigen, welche durch die Lokalradios herbeigelockt worden waren. Max gab zum siebten Mal einem Privatfernseh-Reporter Auskunft. Menschengruppen skandierten Parolen gegen das Abschlachten der Tiere

und richteten Transparente auf, und dann, als die Stimmung gegen die ruchlosen Truppen zu sieden begann, tauchten aus den Gassen ein paar notorische Randalierer auf, welche gegen den Mord an Staubsauger-Robotern demonstrierten. Sofort brach eine wilde Keilerei zwischen Tierschützern und Roboterfreunden aus, und Pflastersteine flogen durch die Luft, während die Spezialeinheit immer noch im Wagen über das weitere Vorgehen beriet.
Die ersten Steine flogen nun in die Schaufenster der Geschäfte am Rande des Platzes, insbesondere in die Schaufenster eines exklusiven Jeansladens. Doch zur Plünderei kam es nicht mehr, denn da fuhr eben der Wasserwerfer auf und kühlte die Hitzköpfe ab.

Die ausquartierten Hausbewohner wurden in eine Notschlafstelle weggeführt. Max blieb bang und händeringend auf dem Platz, als die Türe des Kommandowagens aufschwang. Ohne Max eines Blickes zu würdigen, reihte der Kommandant die zwanzig Männer, die sich gemeldet hatten, auf. Sie salutierten, und dann ging der Kommandant von Mann zu Mann, schüttelte jedem einzelnen lange die Hand und sah ihm tief in die

Augen. Die Umstehenden begriffen, das bedeutete Sturmangriff statt Sprengung. Totenstille lag über dem Platz vor dem Haus, nur die Kameras surrten und klickten, und die Blitze leuchteten auf. Einzelne Reporter flüsterten verstohlen in ihr Mikrofon. Die Männer faßten ihre Waffen, aber man verstand nicht recht, welche Strategie die Truppen verfolgen würden. Wahrscheinlich ließ man die Öffentlichkeit bewußt im Unklaren, weil man befürchtete, daß die Roboterfreunde sonst Anweisungen an das Ungeheuer funken könnten. Auf den Dächern mußten die Scharfschützen unsichtbar liegen. Ein Kran mit einer Hebebühne fuhr auf. Taktik oder Ablenkung? Die Männer verschwanden im Dunkeln, ein Teil blieb vor der Türe stehen, in sicherem Abstand, aufmerksam. Sie würden überall gleichzeitig angreifen. „Hoffentlich überlebt die Katze!" hörte Max einen Reporter ins Funkgerät hauchen. „Ein Risiko bleibt immer", warnte er seine gespannten Zuhörer. Ein gemurmelter Befehl wehte über den Platz. Stille. Das Klicken von hundert Waffen von den Zinnen der benachbarten Häuser.

Eiserne Stille.

Dann zerbarst ein Fenster oben in Maxens Wohnung, Staubwolken strömten aus dem Haus wie kleine Atompilze. Poltern, Schreien, blechernes Scheppern wogte über den Platz. Die Freiwilligen warfen sich auf den Boden, die Waffe im Anschlag. Man spürte den Männern an, daß sie dies nicht erwartet hatten. Die Staubwolke senkte sich langsam und glitzerte im Fallen. Die Körper am Boden spannten sich, als die Haustüre einen Spalt aufschwang. Die Neugierigen wichen zurück. Da schoß aus der Türe wie ein schwarzer Blitz die Katze, sauste im Scheinwerferlicht über den Platz, zögerte einen Moment verstört vor den zurückdrängenden Menschen, fand eine Lücke und verschwand im Schwarz der Gassen. Als die Blicke sich wieder auf das Haus richteten, sahen sie eine Frau aus der Tür wanken, verdreckt, mit blutig gekratztem Gesicht. „Irma!“ rief Max, er rannte los, ihr entgegen, wurde aber von den Truppen zurückgehalten. So wartete er aus sicherer Entfernung, bis sie herangetorkelt kam. Den Rock zerrissen, einen Schuh verloren, hinkte sie auf ihren Mann zu und fiel ihm erschöpft in die Arme. Drei Minuten später wurde der Platz evakuiert und das Haus samt Monster in die Luft gejagt.

Artenschutz

„Wie bist du denn herausgekommen?“ fragte Max im Schutz eines dunklen Hauseinganges.
„Die Katze“, stöhnte Irma in sein Ohr, „die Maschine ist allergisch auf Katzenhaare.“

Sport, Politik und Weltwirtschaft

Der folgende Beitrag ist den letzten Forschungsergebnissen zum *Sport* und seinen Auswirkungen auf die Weltwirtschaft gewidmet. Anders als bisher angenommen, war der Einfluß des Sportes verheerend, nicht nützlich, und die UNO bemüht sich zur Zeit, die Schuldigen entsprechend zu sanktionieren. Die fatalen Sportarten sind Tennis und Kricket, welche aus einem englischen Streit entstanden und sich zu einem unschuldigen Vergnügen wandelten, bis sie schließlich unter dem Einfluß des Fußballs in den Sog einer unaufhaltsamen Entwicklung gerieten. Der Fußball, ursprünglich erfunden als ein friedliches Ritual, führte indirekt zum Sturz eines Imperiums und wahrscheinlich zur heutigen Weltwirtschaftskrise. Diese Tatsache wurde bisher von der Politik und der Forschung entweder bewußt verschwiegen oder dann naiv verkannt. Dieser Artikel deckt die Zusammenhänge erstmals auf.[1]

Die Ursprünge

Beim Tennis hauen zwei meist erwachsene Personen auf einen luftgefüllten Ball von der Größe eines Pferdeapfels, um ihn ins Revier des Nachbarn zu werfen, und sie verlieren einen Punkt, wenn sie danebenschlagen, also, wenn sie ihn behalten müssen. Ähnliches, aber mit mehreren Personen und in leicht anderer Konstellation geschieht beim Kricket. Eine logische Erklärung zu diesen ersten Ritualen (der Fußball wird weiter unten abgehandelt) läßt sich in der historisch verbürgten Tatsache finden, daß diese Spiele ursprünglich von zwei englischen Adligen gespielt wurden, und zwar nicht mit luftgefüllten Bällen, sondern mit einem echten Pferdeapfel, den der Lord of High Brow auf

---

[1] Erstmals erschienen in mens-ch 3•1994, dem Bulletin für Menschen mit einem IQ über 132 (Ausgabe Schweiz).

seinem Rasen fand, und von welchem er gewiß annahm, daß er von einem durchgegangenen Pferd des Earl of Low Meadow stammte. Weil ihn an ebendiesem Morgen seine Gattin, die Lady of High Brow, in der Schloßküche erwischt hatte, wie er der Köchin den Hintern tätschelte, war er natürlich schlecht gelaunt. Außerdem trug er eine Bratpfanne in der Hand, nach welcher er gegriffen hatte, um seiner Frau einen nützlichen Aufenthaltszweck in der Küche vorzutäuschen. Dies wiederum verstärkte den Verdacht der Lady grenzenlos, so daß der Lord sich vor ihren Schlägen nur durch Flucht aus der Küche retten konnte.

Immer noch die Pfanne in der Hand, erreichte er einigermaßen verschwitzt die Grenze seiner Besitzungen und wollte sich, erschöpft und frustriert, in den gepflegten Rasen setzen. Da stieg ihm, zwischen seinen gebeugten Knien empor, ein Geruch in die Nase, welcher niemals von ihm, dem Lord of High Brow selber, stammen konnte. Flugs unterbrach er die beinah vollendete Bewegung, untersuchte den erwählten Sitzplatz genau und entdeckte einen Pferdeapfel von der Größe heute typischer Tennisbälle. Er fiel auf die Knie, beschnupperte ihn fachmännisch und konnte mit Sicherheit feststellen, daß dieser nicht aus seinem eigenen Reitstall stammte. Daß ihn vielmehr jener liederliche Hengst aus dem Nachbargut Low Meadow liegengelassen hatte, dieser Fuchs, welcher immer seine eigenen Wege ging und alle Stuten der Gegend in ihr Feuer versetzte. Genauso übrigens wie der Earl of Low Meadow selber, welcher normalerweise auf dem Hengste saß. Der Apfel, so stellte der Lord anhand der dampfigen Düfte fest, war vor weniger als einer halben Stunde gefallen, und so entschloß sich der Lord, der sich nicht überwinden konnte, sich fremdes Gut anzueignen, das verlorene dem rechtmäßigen Besitzer zurückzuerstatten.

Er schob die Pfanne unter den weichen, aber leicht elastischen Ball, warf ihn die Höhe und beförderte ihn mit einem wuchtigen Hieb fort, worauf dieser über eine Hecke, welche die beiden Grundstücke trennte, zum Earl hinüberflog. Doch dort erreichte der Ball den Boden nicht. Der Earl nämlich, der hinter der Hecke gestanden und seinem Pferd die Nüstern zugehalten hatte, sah das Obgenannte, riß seine Jagdbüchse von der Schulter, welche er bei seinen Ausritten immer auf sich trug, um etwaige Diskussionen mit Ehemännern abzukürzen - er nahm also die Büchse, und wohlwissend, daß der Flug des braunen Geschoßes nicht mit einer Kugel zu bremsen war, hielt er die Waffe wie eine Keule am Gewehrlauf vorne fest, holte zum Schlage aus und schlug den Ball mit geschicktem Schwung zurück, so daß dieser, bereits leicht verformt, wieder in umgekehrter Richtung über die Hecke sauste, dort vom verblüfften, aber im Training mit der Lady geübten und daher außerordentlich reaktionsschnellen Lord wiederum mit der Pfanne zurückgeschlagen wurde, und dieses Spiel ging so lange vonstatten, bis sich der Pferdeapfel in tausend kleine Spritzer aufgelöst hatte, welche sich über Pfanne, Büchse, Lord und Earl verteilten.

Das Spiel

So sahen sich denn die beiden englischen Adligen an, indem sie den Blick ihrer wasserklaren Adleraugen aneinander vorbei in die Ferne richteten, entboten sich einen guten Tag, als ob nichts geschehen wäre, begannen über das Wetter zu sprechen und kamen gegen Mittag, als dieses Thema sich allmählich erschöpfte, auf den Sport. Da blitzte es in den Augen beider gleichzeitig, und sie fanden schnell einen Grund, sich zu verabschieden, der Lord, weil er seiner Köchin die Pfanne zurückbringen wolle, der Earl, weil sein Fuchs Richtung Besitzungen davontrollte. So ging der Lord hin, das Tennis zu erfinden, der Earl, das Kricket zu entwickeln, wobei sich das eine sehr schnell und in königlichen Kreisen verbreitete, das andere hingegen allgemein populär wurde und nur durch den Mangel an Pferdeäpfeln an einer flächendeckenden Verbreitung gehindert wurde.

Die Ausbreitung

Die Handelshäuser und Pferdehändler begriffen aber umgehend, daß sich hier ein Markt auftat, den man heute übrigens als ökologisch unbedenklich bezeichnen würde. Sie kreuzten die Araberhengste mit

Haflingerstuten und Rheinischem Kaltblut und suchten nach der Rasse, welche die schönsten Äpfel produzierte, welche sie in kürzester Zeit nach der Fütterung hervorbrachte, und welche am Ende der Zucht fast vollständig aus Verdauungstrakt bestehen würde: Ein kleines, behäbiges und ruhiges Wesen, dem Shetlandpony nicht unähnlich, das außer Verdauungsgeräuschen keinen Laut von sich gab. Endlich perfektionierten sie die Rasse, der Produzent, der sich ein königliches Monopol darauf gesichert hatte, vermietete seine biologischen Ballproduzenten an sämtlichen nun im ganzen Königreich verbreiteten Turnieren, und er züchtete unentwegt weitere Tiere nach, um den Markt überschwemmen zu können mit deren Produkten.

Das Transportwesen entwickelte sich in dieser Zeit in England zu vorher und nachher nie wieder gekannter Effizienz, da die Tiere ständig an anderen Orten ihre Produkte zum besten geben mußten. Aber auch das Fälschergeschäft blühte, und manch ein Organisator eines Turniers stellte entsetzt zu Spielbeginn fest, daß ihm ein Shetlandpony geliefert worden war, das weder viel Gras fraß, noch viel daraus machte. Die Polizei hatte also alle Hände voll zu tun, die Fälscher und Betrüger zu finden und zu bestrafen, und die Lieferanten beeilten sich, einen Expressnotservice aufzubauen.

Wenn ein Spiel stattfand und das richtige Tier da war, mit der vom König bevorzugten Größe und Festigkeit der Bälle (dem sogenannten Royal Flush[2]), dann spielten die Spieler mit Freude und Inbrunst und vertrauten anschließend ihre Kleider den Wäscherinnen an und ihren Körper einem Bad in einem Badehaus. Kurz, das Ganze war ein sauberes Geschäft, die Wirtschaft blühte allerorten, die Menschen hatten Brot und Spiele, und England eroberte die Welt.

Da geschah etwas Fürchterliches.

---

[2]Aufgrund der Beschaffenheit wurden anfangs pro Spiel bis zu 60 Bälle (Standardapfel) verbraucht. Züchtungen, welche den Typ Royal Flush hervorbrachten, reduzierten diese Zahl auf etwa 15.

Sport, Politik und Weltwirtschaft

Die Wende

Der Pferdeapfel, Krone der menschlichen Gestaltungskraft, wurde vom Lederball abgelöst. Damit veränderte sich die Situation schlagartig. Zwar stieg die Popularität des Spieles drastisch, aber die Umstellung hatte ungeahnte Folgen. Hatten zuerst alle Spieler, Organisatoren und Zuschauer den sauberen Ball begrüßt, mußten sie bald feststellen, daß sich damit die Badehäuser leerten, die Wäscherinnen ihr anständiges Gewerbe verloren und die Ballpferdproduzenten mit einem Schlag vom Markt gefegt wurden. Die Wirtschaft brach nach einer vergnüglichen und brodelnden Hausse zusammen wie ein Käsesoufflé, das Empire kam ins Wanken und wurde nach langem Sturz aufgelöst. England hat sich nie mehr aufgerichtet in seinen Trümmern.

Es war der Erfindertrieb und die Neugierde, welche diese große Nation ins Verderben stürzte. Denn der kleine neue Ball, der nun im Kricket wie beim Tennis Verwendung fand, war von einem anderen Produkt inspiriert, dem Fußball. Der geniale Streich, den Fußball (der nämlich von Anfang an aus Leder geformt war) mit neuen Augen anzusehen, dieser kühne Gedanke, den Fußball zu abstrahieren auf seine lederne Rundheit, die ebensogut kleiner sein könnte, dieser Einfall kam einem Mann aus Lambeth, am südlichen Ufer der Themse. Er äußerte diese revolutionäre Vorstellung das erste Mal in einem Pub nach zweimal sieben Pint Bier, kurz vor der Schließung des Lokals. „Unmöglich!" schrie ihm sofort ein Mann ins Gesicht (ein Pferdehändler, wie sich später herausstellte). „Unmöglich!" und eine handfeste Diskussion brach aus: Gläser flogen, für und wider, hin und zurück, und das Publikum teilte sich in minderbemittelte, aber leidenschaftliche Tennisspieler und schwerreiche, jedoch träge Pferdehändler, zu denen sich auch Badehausbesitzer und Zuhälter schlugen. Doch die Meinung des Tüftlers schien die Oberhand zu gewinnen, insbesondere, weil die reaktionsschnellen Tennisspieler sich sofort hinter der Bar verschanzt hatten und damit über ein größeres Arsenal verfügten.

Die Polizeistunde setzte der Diskussion ein plötzliches Ende, und die letzten Argumente rollten klirrend in die Ecken. Die Gegner begruben ihren Streit fürs erste, strichen sich die Jacken zurecht, setzten die Melone oder die Schirmmütze auf, schlugen sich gegenseitig anerkennend auf die Schultern und trollten sich Arm in Arm nach Hause.

Am nächsten Morgen fand ein Blumenmädchen in einer Seitengasse die schrecklich zertrampelte Leiche des genialen Erfinders. Die Mörder wurden nie gefaßt und die Untersuchung nach halbherzigen Anfängen eingestellt, obschon die Hufabdrücke, welche sich tief in das Fleisch eingegraben hatten, jedem erklärten, aus welcher Branche die Untäter stammten. Das anfangs sofort verhaftete Blumenmädchen wurde nach wilden Protesten der Südlondoner wieder auf freien Fuß gesetzt, aber mit der Auflage, weder Blumen zu verkaufen, noch je ein Wort über die Leiche zu äußern.

Nichts kann den Fortschritt bremsen, denn Ideen sind stärker als Stahl, und so begann der Siegeszug des Lederbällchens, das erst in dunklen Kellern hergestellt und bei den Spielen der Kinder eingesetzt wurde, sich bald aber von Südlondon über das ganze Königreich ausbreitete und den Pferdeapfel zerstampfte.[3] Der Triumphzug einer wohlgemeinten Erfindung, welche schließlich zum Zusammenbruch des Empires führen sollte.

Die Herkunft

Woher kam der Fußball, die Inspiration des unglücklichen Genies aus Lambeth? Man hing bis vor kurzem der irrigen Meinung an, dieser Sport sei in Schottland erfunden worden. In Wirklichkeit stammt er aus Gefilden fern des Abendlandes: Neueste Forschungen haben den Ablauf des Spieles hinterfragt und sind zum Schluß gekommen, daß dieses Spiel dem bekannten Hang zum Eigennutz, der Basis des westlichen Wirtschaftens, völlig zuwiderläuft. Beim Fußball bemühen sich elf Männer darum, einen Ball von der Größe einer

---

[3]In adeligen Kreisen konnte sich der Royal Flush noch lange halten, insbesondere bei einer Variante des Tennis, beim Squash.

Melone den anderen elf Männern zu entreißen, um ihn, sobald sie ihn besitzen, ebendiesen anderen in den Korb zu legen - was diese wiederum mit allen Mitteln zu verhindern suchen. Dieses uneigennützige Verhalten läßt sich unmöglich auf die abendländische Kultur zurückführen. Anthropologen von der altehrwürdigen Universität Porridge in Essex behaupten nun, es handle sich um ein polynesisches Ritual, bei dem einerseits um Nahrung gerungen wird, andererseits ein plötzlicher Altruismus durchbricht, mit welchem man den Nächsten beschämen will. Derartige Rituale, bei denen der Beschenkte sich schämt und in der Folge den Schenkenden übertreffen will, ein ständiger Kampf, wer mehr geben kann, sind aus der Südsee verbürgt.[4] Die Forscher glauben nachweisen zu können, daß dieses Ritual in einer verballhornten Weise

---

[4]Die genannten englischen Forscher können glaubhaft belegen, daß der Entdecker des Fußballrituals, der berühmte Weltumsegler Captain Cook, in ungeschickter Weise in die Diskussion eines Penalty eingriff und wegen dieses Frevels erschlagen wurde. Damit wäre auch geklärt, warum die bis dato in der Weltgeschichte nie als kriegerisch in Erscheinung getretenen Polynesier plötzlich gegenüber einem Abgesandten des Britischen Empire rabiat wurden.

von den Engländern bei ihren Entdeckungsfahrten mitgenommen wurde und wie eine Zeitbombe in die britische Spieltradition gelangte.[5]

Damit wäre übrigens erwiesen, daß es auf den Britischen Inseln eine Form von Nächstenliebe gibt, wenn auch durch die Hintertüre eingeführt und wider alle Absicht. Sie entfaltet ihre Wirkung in streng geregeltem Rahmen, der ein Überborden des Altruismus verhindert, und außerdem zu im voraus angekündigten

---

[5]Angesichts der vorliegenden Forschungsergebnisse hat die britische Regierung Maßnahmen eingeleitet, die Bewohner der Südseeinsel auf Schadenersatz einzuklagen für den Verlust eines Imperiums. Falls man sich nicht gütlich einigen könne, und die erste Reaktion der Bewohner dieser Insel, Balabala, lasse leider keinen guten Willen erkennen, dann müsse man auf weitere Maßnahmen zurückgreifen. Eine Resolution der UNO wird angestrebt, und die Insel wird, sofern sie weiter jegliche Schuld am Verlust des Empires ablehnt, sich von einem Embargo betroffen sehen. Die UNO sieht dem britischen Antrag mit Wohlwollen entgegen und der amerikanische Präsident hat zwei Flugzeugträger in Richtung des Atolls losgeschickt. Im Sinne einer Produktehaftung, welche Amerika endlich auf der ganzen Weltkugel durchsetzen will, soll die Insel Balabala für sämtliche Folgen des Fußballs seit dem Tod von Captain Cook geradestehen. ‚Unsere Zahlen belegen', sagte der amerikanische Präsident, ‚daß auch die gegenwärtige Weltwirtschaftskrise, insbesondere in den Vereinigten Staaten, auf den Fußball zurückzuführen ist.'

Spielzeiten. Solche Ereignisse sind auf den Britischen Inseln von derart absurder Bedeutung, daß sie von Tausenden von ungläubigen Zuschauern besucht, an Radio und Fernsehen übertragen und anschließend in wilden Strassenkämpfen gleich nochmals ausgehandelt werden, da jede Partei für sich in Anspruch nehmen will, daß ihre Mannschaft die selbstlosere sei. Diese Selbstlosigkeit hat bereits auf den Kontinent übergegriffen und verbreitet sich über den gesamten Erdball. Die Welt begreift den Altruismus mehr und mehr und kämpft nun dafür, ohne vorher Fußball zu spielen. Nur das tatkräftige Aushandeln bleibt: Jeder will den anderen übertreffen, jeder will der größere Altruist sein. Ganze Länder, ganze Völker stürzen sich in die Schlacht, dem Nachbarn Liebes anzutun, mit Panzern und Kanonen, egal, ob der Nachbar will oder nicht. Der Altruismus siegt.

Genesis

„Hallo!“ rief Gott ins schwarze Nichts. Die Dunkelheit blieb stumm. „Ach ja, es ist kein Gott neben mir“, murmelte er. Ein Weilchen blieb er in der unendlichen Schwärze liegen und ließ sich von der Düsternis deprimieren.

Nicht mal lesen konnte er hier.

Langsam strich seine Hand über den langen Bart. Die Finger faßten das Ende und hoben es vor die Augen. Weiß? Schwarz? Gelb? Auch das konnte er nicht erkennen.

„Es werde Licht!“ brüllte er mit Donnerstimme und wartete. Ein leises Surren fuhr an, und ein helles Pünktchen begann zu leuchten in der Finsternis, noch eines, nun viele, ganze Schwärme, heller und heller, bis das unendlich dunkle Schwarz vom unendlich hellen Weiß abgelöst war. Er prüfte seinen Bart: Weißlich und fahlgelb. Eine Ewigkeit nicht gewaschen, ging es ihm durch den Kopf, und meine weiße Kutte hat auch Flecken. Er sah sich um. Unter dem leuchtenden Himmel lag ein grober, matschiger Klumpen. „Für heute genug!“ befahl er. „Es werde dunkel! Aber nicht so zappenduster wie vorher, ich will noch Tagebuch schreiben.“ Er holte sich einen Kometenschweif vom Himmel, zog ein Buch mit dunkelblauen Seiten unter seinem weiten Kleide hervor und begann mit sternfunkelnder Schrift zu schreiben:

„Liebes Tagebuch!
Ich bin allein in diesem Chaos. Heute habe ich es bei Lichte besehen. Da muß Ordnung rein, wenn ich nicht ständig den Ärmel in einem halbgebackenen Planeten tunken will. Unter mir wabbelt ein kleiner Dreckklumpen, der ziemlich trostlos aussieht, wie hingeworfen. Am besten kümmere ich mich zuerst um den.“

Er hängte den Kometengriffel in den Himmel und lehnte sich zurück um nachzudenken. Nach einer Weile holte er ihn wieder herunter und schrieb weiter:

„Ich gebe mir eine Woche, um aus dem Klumpen ein Schmuckstück zu machen."

Am nächsten Morgen tropfte sein Ärmel. Der Erdklumpen sei viel zu feucht, befand er, drückte ihn etwas aus, destillierte das schmutzige Wasser unter der Sonne und wusch damit seine Flecken aus. Dabei tropfte das Wasser ständig und brachte ihn auf einen Gedanken. Schnell machte er sich Notizen, kreiste das Wort *Regen* ein, schrieb den Klumpen mit *Erde* an, zeichnete Pfeilchen von der Erde in den Himmel, entwarf Wolkenformen und schrieb zum ersten Mal das Wort *Pflanzen*. Dahinter zeichnete er Blumen, Bäume und Farne.

Wieder war eine Nacht vergangen. Gott nahm die Erde in die Hand, knetete sie so zurecht, daß ein Teil der teigigen Masse aus dem Wasser ragte, und ließ diesen trocken. Mit dem Fingernagel grub er ein paar Rinnen und drückte Gebirge zurecht. Anschließend paßte er seine eigene Größe der Erde an, ließ sich darauf nieder, bückte sich und setzte die ersten Pflanzen ein. Mit Begeisterung reihte er die Farne auf, setzte

hier einen Baum, legte da ein Blumenbeet an und bemerkte nicht, wie der Tag zur Neige ging. Schließlich schmerzte ihn der Rücken, er richtete sich auf und wischte mit dem weiten Ärmel den Schweiß aus der Stirn.
„Herrgott!“ rief er aus, „schon Abend. Ab morgen soll die Sonne um die Erde kreisen, damit man ein Zeitgefühl bekommt. Und etwas für die Nacht muß ich auch noch finden.“

Dies tat er am vierten Tag. Am fünften Tag erfand er dann Fische und Vögel. Das ging zügig voran, denn die mußte er nicht einpflanzen.
Am sechsten Tag stellte er Tiere aufs Festland. Nachmittags um drei war er bereits fertig. Zwischen den grünen Farnen huschten die Hasen durch und hoppelten auf die Mohnfelder hinaus.
„Ich bin doch ein richtiger Könner, nicht wahr?“ fragte er. Niemand antwortete. Niemand, mit dem er heute Abend seine Schöpfung ansehen konnte, die Abendsonne im Gesicht und ein Gläschen auf dem Tisch. Gott dachte zurück an die Finsternis. Er brauchte einfach einen Gesprächspartner. Und wie er gedanken-

verloren mit Erdklümpchen spielte, kam er darauf, den Menschen zu schaffen. Nach seinem Ebenbilde, bloß nicht so intelligent und weise. Er formte Adam und hauchte ihm Leben ein.
„Schau", sagte strahlend er zum Menschen, der vom Boden aufstand, „alle diese Felder, alle diese Flüsse, alle diese Tiere habe ich geschaffen, damit es dir wohlergehe."
Adam putzte sich ein paar Erdkrümelchen vom Hintern weg und sah sich um. Dann nahm er den Tequila Sunrise entgegen, welchen Gott ihm zur Feier entgegenstreckte, und trank ein paar Schlucke. Schließlich wies er mit der Hand in die Steppe hinaus und fragte: „Die dicken Trompeter dort sind zu zweit, die Antilopen sind im Rudel, und die Ameisen...", er bückte sich und kratzte sich heftig die Waden, „die Ameisen sind unzählig." Er richtete sich auf: „Und ich?"
„Du hast recht", sagte Gott, „es ist nicht gut, daß der Mensch allein sei." Verstohlen zog er ein Briefchen Schlafmittel aus seiner Kutte und fragte: „Möchtest du so eine Gefährtin wie die Äffchen, die dort im Baum oben schmusen?" Adam drehte den Kopf zum Baum, reckte seinen Hals und suchte das Pärchen.

Währenddessen schüttete ihm Gott das Schlafmittel in den Drink. „Ja", antwortete Adam schließlich „genau so." Er nahm einen kräftigen Schluck und musterte verdutzt das Glas. Dann schüttelte er den Kopf und sah zu Gott auf: „Aber nicht so intelligent wie ich, und ein wenig kleiner und ..." Aber da wirkte das Pulver, und er sank zu Boden, mitten in den Ameisenhaufen. Gott hob ihn auf, legte ihn auf einen großen Stein und schüttelte sich die Ameisen aus den Ärmeln. Behende entnahm er Adam eine Rippe und schloß die Stelle. „Nicht so intelligent soll sie sein", brummelte er, während er Eva formte, „dir will ich mal!" Schließlich betrachtete er sein Werk in der Abendsonne: „Wohlgerundeter als das erste Mal", fand er zufrieden, und hauchte ihr den Lebensodem ein.

Beide Menschen wachten gleichzeitig auf, und Gott zog sich zurück. Adam zermarterte sich das Gehirn, was er jetzt wohl sagen solle, als Eva begann:
„Es wird langsam kalt hier. Wollen wir ein wenig zusammenrücken?"
„Wollte ich auch eben vorschlagen", bluffte Adam und sah nicht, wie Eva schmunzelte.

Am nächsten Tag spazierte Gott durch den Garten Eden, sah, daß alles gut war und setzte sich bei einer Quelle auf einen Stein. Er zog sein Tagebuch hervor und schrieb:

„Rückblick auf meine Schöpfung. Sie ist recht wohl gelungen, wie nicht anders zu erwarten von mir. Sicher gibt es noch ein paar Nachbesserungen zu machen, aber bis jetzt ist mir nichts Wesentliches ins Auge gestochen. Besonders gefallen mir die Farben. Der Mensch, aus einer Laune des Augenblickes geboren, wirkt etwas deplaziert, aber es ist schön zu sehen, daß er genauso in seine Menschin verliebt ist, wie der Affe in die Äffin und der Elefant in die Elefäntin. Er versucht auch auf die gleiche Art, die Brust aufzublasen und ihr Eindruck zu machen. Leider ist er nun als Plauderpartner für mich fast nicht mehr zu gebrauchen.“

„Gott!“ hörte er da zwischen den Bäumen rufen, „Hallo, Gott!“ Adam hastete auf ihn zu. Gott steckte sein Tagebuch weg und wartete, bis Adam vor ihm stand: „Was gibt's denn?“

„Die Eva!“
„Gefällt sie dir nicht mehr?“
„Doch, doch.“ Er rang nach Atem. „Darf ich mich neben dich setzen?“
Gott rückte ein wenig zur Seite, und Adam setzte sich neben ihn. Er atmete ein paarmal durch, bevor er begann: „Sie stellt ständig Fragen, und ich weiß keine Antworten.“ Er deutete mit dem Finger zwischen die Beine: „Heute morgen fragte sie mich, wozu das da gut sei. Ich wußte nicht einmal einen Namen dafür.“
„Nennen wir's mal Schniedelwutz“, schlug Gott vor.
„Und warum habe ich einen und sie nicht?“
Gott seufzte. Er hatte das bei Eva aus ästhetischen Gründen weggelassen. „Überlege mal, ob du selber draufkommst.“ Er riß einen Grashalm aus und steckte ihn zwischen die Zähne. „Du könntest übrigens“, fuhr er weiter, „allen Pflanzen und Tieren einen Namen geben. Das gehört zu deinen Kompetenzen.“
Adam nickte begeistert. „Genau. Und den Wassern und den Bergen und den Steinen und den Körperteilen. Das macht das Paradies übersichtlicher.“ Er sprang auf.
„Moment!“ sagte Gott, „da ist noch was. Ich sehe,

deine Mundwinkel sind rot von den Orangen, die du heute gegessen hast. Wirf die Schalen nicht einfach fort, sondern sammle sie auf einem Haufen. Auch die Bananenschalen. Haltet mir das Paradies sauber!"
Adam nickte: „Wir könnten ja Äpfel essen."
„Äpfel?" Gott kaute auf dem Gras.
„Ja. Die Schlange hat gesagt, die könne man mit der Schale essen, und sie seien gut für die Zähne."
„Von diesem Baum...", Gott biß ein Stück des Halmes ab und spuckte es aus. „Von dem wird nichts gegessen! Nichts!" sagte er dann eindringlich und sah Adam fest in die Augen.
„Schon gut, war ja nur ein Gedanke."

Ein paar Tage später saß Gott wieder bei der Quelle und schrieb in sein Tagebuch.

„Ein paar Nachbesserungen ausgeführt. Venus, Mars, und die anderen Planeten auf Umlaufbahn gebracht. Gute Übung für weitere Sonnensysteme. Anziehung wird unübersichtlich, wenn drei Körper einander nahe kommen."

Er lehnte sich zurück und wollte eben eine mathematische Lösung der Anziehung dreier Körper formulieren, als er die Menschen kommen sah.
„Das ist Gott", erklärte Adam seiner Eva.
Sie schüttelten sich die Hände und tauschten Artigkeiten aus. Während Gott dann von den neuen Planeten erzählte, aufstand und mit der Zehe das Sonnensystem auf den Boden zeichnete, bemerkte er Evas Blick auf seinem Ärmel.
„Auf den anderen Planeten ist das Klima weniger ausgeglichen", dozierte er und verbarg den Flecken.
„Hat das mit dem Abstand von der Sonne zu tun?" fragte Eva.
„Genau!"
„Sind alle Planeten in einer Ebene oder muß ich mir das räumlich vorstellen?"
Gott begann die elliptischen Bahnen zu erklären, zeigte mit den Fingern, wie der Jupiter durch den Raum fliegt, von den Monden umschwirrt, und freute sich über seine Schöpfung. Adam stand daneben und wiederholte geflissentlich alle neuen Namen.
Eva ließ Gott ausreden, dann fragte sie: „Adam hat alles benannt. Könntest du ein paar neue Dinge

erfinden? Solange er Namen verteilte, konnte ich gemütlich mit der Schlange diskutieren."

„Mit der Schlange?" Gott setzte sich auf seinen Stein.

„Mit wem denn sonst? Dich habe ich nicht gekannt."

Die Mischung zwischen Vorwurf und Kompliment verwirrte Gott.

„Überhaupt", fuhr Eva fort, „im Paradies sind noch ein, zwei Dinge zu verbessern."

„Was denn?"

„Die Nahrung zum Beispiel."

„Wieso, es hat doch Orangen, Bananen, Feigen."

„Hatte es." Eva sah ihn an: „Wir haben alles kahlgegessen."

„Ich kann ja Frisches aufhängen."

„Die Orangen waren bitter", warf Adam ein, „kannst du da was machen?"

„Du könntest doch die Früchte einfach nachwachsen lassen", schlug Eva vor.

„Und am Schluß ist meine Schöpfung voll von Bananenschalen."

„Du könntest sie vermodern lassen."

Gott dachte nach. „Interessantes Konzept: Wachsen, vergehen."

Eva nickte: „Vielleicht könntest du bei den Tieren etwas Ähnliches machen. Und auch bei uns Zweien.“ Sie wies mit dem Finger auf Adam.
„Mach’ ich“, sagte Gott. Dann sah er Eva lange in die Augen, forschte nach ihren Gedanken. Adam murmelte unterdessen die neuen Namen, um sie sich zu merken. Schließlich fragte Gott: „Eva, hast du vom Baum der Erkenntnis gegessen?“
„Ja.“ Sie lief rot an: „Ich war so hungrig.“
„Und du, Adam?“
„Ja, aber nur ein kleines Bißchen.“
Man merkt’s, dachte Gott. Er erhob sich von seinem Stein. „Dann brauche ich euch nichts mehr zu erklären“, sagte er. „Zieht ‘was Warmes an, die Nächte werden kälter.“ Er wandte sich zum Gehen.
„Kommst du wieder?“ fragte Eva scheu.
„Haltet mir einen Platz frei. Ich werde mal reinsehen.“ Er schritt davon. Seine Gestalt verschmolz mit den Bäumen, den Farnen und den Mohnfeldern.

Melusine

finished printing August 1996